Dragos Geht nach Washington

Eine Novelle der ALTEN VÖLKER

THEA HARRISON

Übersetzt von Dominik Weselak

Originaltitel: Dragos Goes to Washington © 2015 Teddy Harrison LLC

Copyright für die deutsche Übersetzung: Dragos Geht nach Washington © 2016 Dominik Weselak

Covergestaltung: Frauke Spanuth
Book-Erstellung: BB eBooks

Stand: 19. Juli 2016

Deutsche Erstausgabe
ISBN 978-0-9971201-2-7
Print Ausgabe

*Dragos Cuelebre, Lord der Wyr, muss eine Party schmeißen,
ohne dabei jemanden zu verstümmeln.*

Das ist nicht ganz so einfach, wie es sich vielleicht anhört. Nach den zerstörerischen Ereignissen der letzten achtzehn Monate machen sich die Alten Völker jetzt auf den Weg nach Washington D.C., um den Frieden mit der Menschheit zu fördern. Da Dragos nicht für sein diplomatisches Wesen bekannt ist, muss er sich auf seine Gefährtin Pia verlassen, wenn es darum geht, ihm dabei zu helfen, durch ein Schlachtfeld von Worten und höflichem Lächeln zu navigieren, anstatt seine Krallen zu benutzen. Da Dragos' Paarungstrieb nahe an der Oberfläche brodelt, ist sein Temperament unberechenbarer als je zuvor und drohende Gewalt liegt in der Luft.

Dann wird die menschliche Ehefrau eines berühmten Politikers ermordet und für Dragos und Pia beginnt ein Wettlauf gegen die Zeit. Sie müssen diejenigen finden, die dahinter stecken, bevor sie selbst für das Verbrechen verantwortlich gemacht werden.

Für Fans von *Im Bann des Drachen* und *Das Versprechen des Blutes* hält die neueste Novelle der Alten Völker Leidenschaft, Gefahr, politische Intrigen und Offenbarungen bereit, die Dragos' und Pias Leben für immer verändern werden.

Dragos geht nach Washington ist der erste Teil einer Serie aus drei Geschichten über Pia, Dragos und ihren Sohn Liam. Jede Geschichte ist eigenständig, aber Fans wollen wahrscheinlich alle drei lesen: *Dragos geht nach Washington, Pia übernimmt Hollywood* und *Liam erobert Manhattan.*

Kapitel Eins

D RAGOS' IN JEANS gehüllte harte Oberschenkel streiften
Pias, als er sich in seinem Sitz zurücklehnte.

Sie hatte keine Jeans an. Sie trug Shorts und die leichte
grobe Reibung auf ihrer Haut sandte ihr einen Schauer
sexuellen Bewusstseins durch den Körper.

Das war immer so zwischen ihnen. Jedes Mal, wenn sie
nahe beieinander waren, flammte Hitze zwischen ihnen auf,
unsichtbar, aber doch intensiv. Er verbrannte ihre Welt, bis es
nichts mehr, niemanden mehr gab außer ihm.

Der Drache hätte sich darüber gefreut, hätte er es
gewusst. Wahrscheinlich zu sehr. Im besten Fall war er
fordernd und besitzergreifend, sodass sie nicht die Absicht
hatte, es ihm zu sagen. Bereits jetzt lief er Gefahr, zu selbst-
gefällig zu werden.

Bei dem Gedanken daran musste sie lächeln. Sie mussten
sehr unspektakulär aussehen, wie sie genau wie die anderen
Eltern auf der Tribüne saßen und Liam dabei zusahen, wie er
mit seinen Mannschaftskameraden auf dem Football-Feld
trainierte.

Die Kinder waren so hinreißend. Sie waren noch in der
Grundschule und ihre Helme waren zu groß und ihre dünnen
Körper unentwickelt. Die meisten waren Jungs, aber es
standen auch vier starke Mädchen auf dem Spielfeld.

Es waren auch noch andere Leute anwesend und sahen

zu, einige Eltern zusammen mit ein paar anderen Schulkindern. Pias Herz schlug höher, als ihr Blick auf eine Mutter mit zwei Kindern im Vorschulalter fiel.

Die Mutter gab dem älteren, einem zarten Mädchen von ungefähr drei Jahren, einen Behälter mit Trinkjoghurt. Während es am Strohhalm saugte, drehte es sich und wirbelte dabei den hauchdünnen Rock ihres leichten Sommerkleides hoch. Sie trug eine glitzernde herzförmige Sonnenbrille. Das jüngere Kind war ein fröhliches, dickes Baby in einem Kinderwagen und trug einen schlappen Sonnenhut. Es war ungefähr sechs oder sieben Monate alt und kaute an einem Keks herum.

Die anderen Eltern waren anwesend, um die Spieler auf dem Feld zu unterstützen, während sie darauf warteten, dass die Football-Trainingsstunde endete, damit sie ihre Kinder heimbringen konnten.

Sie und Dragos schauten beim Training zu, um sicherzugehen, dass sie keinen Fehler gemacht hatten, indem sie Liam dem Team beitreten ließen.

Seit das Schuljahr begonnen hatte, hatte er noch einen Wachstumsschub gehabt. Es war nicht ungewöhnlich für einen raubtierartigen Wyr, schneller zu wachsen als Pflanzenfresser, aber Liams Wachstumsrate ging weit über die eines normalen Raubtier-Wyr-Kindes hinaus. Um die Situation für Liam und seine Klassenkameraden nicht zu seltsam erscheinen zu lassen, hatten sie die Schule gewechselt, als er von der ersten Klasse in die fünfte aufrückte.

Die neue Grundschule war weiter von zuhause entfernt, aber Pia machte die verlängerte Fahrzeit nichts aus.

Manchmal schickte sie Eva mit dem SUV voraus, ließ Liam seine Drachengestalt annehmen und ritt auf seinen Schultern, während er den Weg zur Schule flog. Es war genau so, wie sie es einst zueinander gesagt hatten – sobald Liam zu groß wurde, um auf ihrer Wyr-Gestalt zu reiten, würde sie es auf seiner tun.

Die Flüge am Morgen waren ihr kleines Geheimnis. Sie war sich sicher, dass Dragos das nicht billigen würde, aber Liam war so aufgeregt, einen Passagier zu haben, der nicht selbst fliegen konnte, dass er langsam und mit extremer Sorgsamkeit flog. Außerdem waren die beiden sehr gut darin, sich unsichtbar zu machen, wodurch sie sich immer ziemlich sicher fühlte.

Sobald sie einen vorher bestimmten Platz erreichten, wo Eva auf sie wartete, landete Liam hinter einem geschützten Dickicht aus Bäumen, wo man ihn von der Straße aus nicht sehen konnte, und verwandelte sich zurück in einen Jungen. Pia stieg dann ins Auto und fuhr ruhig den Rest des Weges, so wie eine normale Mutter, die ihr normales Kind in eine normale Schule brachte. Sie lachten oft zusammen darüber.

Liam hatte sich gut an den Schulwechsel angepasst und war so darauf erpicht, dem Football-Team beizutreten, dass Pia es nicht übers Herz gebracht hatte, nein zu sagen, obwohl sie, als sie ihn beobachtete, wusste, dass er viel schneller und stärker als jedes andere Kind auf dem Feld war.

Das trübte jedoch nicht seine offensichtliche Freude am Spiel. Anerkennend nahm sie zur Kenntnis, wie sehr er sich selbst bremste, um sich den Fähigkeiten der anderen Kinder anzupassen.

„Ich denke, dass es ihm gut gehen wird, du nicht?“ Sie drehte sich zu Dragos.

„Es geht ihm gut, solange er nicht seine Beherrschung verliert. Er könnte viel zu leicht eines dieser anderen Kinder verletzen.“

Dragos‘ Stimme klang logisch und sachlich. Er hörte sich

an, als würde er die jeweiligen Stärken und Schwächen eines seiner Wächter erörtern.

Sie blickte ihn stirnrunzelnd an. Er hatte seinen langen Körper ausgestreckt, sodass er sich über drei Gangplätze ausbreitete, indem er seine Ellbogen auf die Tribünenreihe hinter ihnen lehnte und seine Stiefel auf der unteren Reihe abstützte.

Der Nachmittag war hell und heiß für den frühen Herbst, aber Dragos trug nie eine Sonnenbrille zum Schutz vor der Sonne. Er trug sie nur, wenn er eine Barriere zwischen sich und anderen Leuten aufbauen wollte. Sie saßen etwas weiter von allen anderen entfernt, also hatte er seine Brille zusammengeklappt und in die Brusttasche seines Shirts gesteckt.

Dass er ein schlichtes graues Poloshirt und Jeans trug, ließ sein seidenes schwarzes Haar und seine dunkle bronzefarbene Haut noch eindrucksvoller wirken als jemals zuvor. Seine goldenen Augen schimmerten nachdenklich unter geraden, gesenkten Augenbrauen. Der einzige Körperteil an ihm, der nicht braun wurde, war die blasse, dünne Narbe, die eine Braue spaltete.

Der Drache war eine Kreatur des Feuers und Dragos bekam nie einen Sonnenbrand, egal wie lange er in der Sonne blieb, wohingegen Pia ihre blasse Haut ständig mit Sonnenmilch eincremte und zusätzlich noch Baseball-Cap und Sonnenbrille trug.

Einen neidischen Seufzer unterdrückend sagte sie: „Ich höre, was du sagst, aber ich denke nicht, dass es fair ist, ihn nach *was wäre, wenn* zu beurteilen. Er ist ein guter, sorgsamer Junge. Wenn er sagt, dass er damit umgehen kann, dann, finde ich, sollten wir ihm glauben. Wir können ihm nicht die Erfahrung einer glücklichen Kindheit geben, auch wenn sie kurz sein mag, wenn wir ständig einschränken, was er haben oder machen kann. Er würde uns dafür irgendwann hassen, und das zu Recht.“

Dragos blieb für einen langen Augenblick still. Wie gewöhnlich war es unmöglich, bei dem teilnahmslosen Ausdruck auf seinen harten Gesichtszügen zu sagen, worüber er nachdachte. Nach einer Weile sagte er: „Er macht schneller Fortschritte, als wir dachten.“

Unsicher, worauf er mit dieser Aussage hinaus wollte, antwortete sie vorsichtig: „Ich weiß.“

Ihr Ehemann saugte an einem Zahn, wobei er seinen Mund verzog, als hätte er etwas Saures geschmeckt.

Sein goldener Blick traf sie von der Seite. „Er wird nicht mehr allzu lange ein Junge sein. Vielleicht sollten wir ihm den Hund erlauben, den er wollte.“

„Ihm erlauben …“ Ihre Stimme verstummte, als sie ihn ansah. „Aber du warst immer so hartnäckig dagegen, einen Hund zu kaufen.“

Er zog eine massige Schulter hoch und mächtige Muskeln zeichneten sich unter der glatten, grauen Oberfläche seines Shirts ab. „Nun, ich habe darüber noch etwas nachgedacht und meine Meinung geändert. Es müsste ein Welpe sein, von einer Rasse, die für ihr ruhiges Wesen bekannt ist, sodass wir ihn darauf trainieren können, nicht durchzudrehen, wenn er in meiner oder Liams Nähe ist, oder bei einem der Wächter.“

Dragos verstand den Wunsch, ein Haustier zu haben, nicht wirklich. So wie er auch Liams Liebe zu seinem Stoffhasen nicht verstehen konnte, den er besaß, seit er ein Baby war.

Nun hatte Liam verkündet, dass er viel zu alt für den Hasen wäre, obwohl er noch immer darauf bestand, ihn in seinem Schrank aufzuheben. Hätte Liam nicht so sehr darauf beharrt, ihn in der Nähe zu behalten, hätte Pia ihn ihm inzwischen bereits weggenommen.

Sie liebte den Hasen mit seinen zerfetzen Ohren. Sie liebte es, sich daran zu erinnern, wie Liam an diesen Ohren gekaut hatte, als er zahnte.

„Was ist, wenn Liam alt genug ist, um auszuziehen?", fragte sie und konfrontierte Dragos mit seinem stärksten Argument. „Das wird schneller passieren, als wir uns hätten vorstellen können. Was machen wir dann mit dem Hund?"

Er zuckte erneut mit seinen Schultern. „Ich weiß es nicht. Darüber können wir nachdenken, wenn es so weit ist."

Dragos bemühte sich so sehr. Kindererziehung war für sie beide neu, vor allem die Erziehung eines so magisch begabten Kindes. Aber irgendwie war es für Dragos anders. Pia war jünger. Sie war in vielerlei Hinsicht anpassungsfähiger.

Dragos war … Um ehrlich zu sein, war sie sich nicht sicher, wie alt er war. Sie wusste nur, dass er sehr alt war.

Aber er arbeitete hart daran, dieses Hindernis zu überwinden. So furchterregend und skrupellos er auch sein konnte, er war ein toller Vater.

Ihr Blick wanderte zurück zu dem glücklichen, dicken kleinen Baby in dem Kinderwagen und ihr Herz machte einen erneuten Satz. Eine merkwürdige, unbekannte Kraft breitete sich in ihrer Brust aus, bis sie sie nicht mehr kontrollieren konnte.

„Ich will noch eins." Die Worte platzten aus ihr heraus, bevor sie darüber nachdenken konnte, und offenbarten ein Bedürfnis, das sie sich noch kaum selbst eingestanden hatte.

„Du willst noch ein was?", fragte Dragos.

Das war nicht der richtige Moment, um über so ein emotionsgeladenes Thema zu sprechen. Sie versuchte, die Worte zurückzuhalten, aber sie sprudelten trotzdem aus ihr heraus. „Ein Baby. Ich will noch ein Baby."

„Du willst …" Er hielt inne und fing dann noch einmal an, und sprach seine Worte mit Bedacht. „Du willst hier darüber reden?"

Der erstaunte Ausdruck auf seinem Gesicht war zu viel. Die Details des sonnigen, späten Nachmittags verschwammen, als sich ihre Augen mit Tränen füllten. Sie drehte sich schnell nach vorne, bevor Dragos ihren Ausdruck sehen konnte.

„Nein, natürlich nicht." Ihre Stimme zitterte. „Ich hätte das nicht sagen sollen. Es ist einfach so aus mir herausgeplatzt."

Er richtete sich von seiner krummen Haltung auf.

Sie hatte das Gefühl, dass ihre Tränen zu einem Geysir werden würden, falls er sie berühren oder irgendein Zeichen der Sanftmut zeigen würde, und sie wollte wirklich nicht in der Öffentlichkeit in Tränen ausbrechen. Das wollte sie absolut nicht.

Was stimmt nur nicht mit mir?

Sie schoss hoch und rutschte von ihm weg, wobei sie stotterte. „D-das Football-Training ist fast vorbei – wieso wartest du nicht hier auf Liam und ich treffe euch dann am Auto?"

„Pia", sagte Dragos, wobei das Gold seiner Augen bis zur Weißglut aufflammte. Es war offensichtlich, dass er den Vorschlag kein bisschen mochte.

Telepathisch sagte sie: *Dragos, es ist in Ordnung, ich hab nur einen emotionalen Moment. Das habe ich nicht erwartet. Das kam völlig aus dem Nichts und es ist mir etwas peinlich. Ich hätte gern einen Augenblick, um mich zu fassen. Bitte.*

Nach einem Moment knurrte er: *Wir werden trotzdem noch darüber reden.*

Natürlich werden wir das. Nur nicht in der Öffentlichkeit, ok? Sie wich weiter zurück und ging die breiten Betonstufen hinunter.

Sie konnte seine wilde Energie in ihrem Rücken kochen spüren, als sie wegging. Er hasste es, wenn sie weinte und er hasste es doppelt so sehr, dass sie ihn gebeten hatte, zurückzubleiben.

Aber er tat es, weil sie es von ihm verlangte. Weil er sie liebte.

Abgesehen von der kleinen Tatsache, dass er die furchteinflößendste Kreatur sein konnte, die sie jemals gesehen hatte, war er ein großartiger Ehemann und Gefährte, und ebenso ein großartiger Vater.

Sie erreichte die unterste Stufe. Kurz bevor sie um die Ecke bog, sah sie noch einmal zu ihm hinauf.

Er saß nicht mehr in einer lockeren Haltung über den Sitzreihen, sondern nach vorne gebeugt, seine Ellbogen auf seine Knie gestützt, seinen Kopf in ihre Richtung geneigt. Er hatte seine Sonnenbrille aufgesetzt, ohne Zweifel, um seine Weißglut, die aus seinen Augen schwappte, zu verstecken. Seine angespannte Kieferpartie ließ seine harten, unbarmherzigen Gesichtszüge noch wilder erscheinen.

Plötzlich bemerkte sie die Unstimmigkeiten an dem Bild.

Es war ein perfekter Vorstadt-Schauplatz an einem perfekten Vorstadt-Tag. Harmlose, smaragdgrüne Felder bewegten sich in der Ferne der Stadt entgegen. Die alten Adirondack Mountains sorgten für eine malerische Kulisse.

Die Pfeife des Trainers übertönte die Schreie und Rufe der Kinder. Sie rannten auf ihn zu, sammelten sich um ihn und blickten zu ihm hoch, als er zu ihnen sprach.

Pia lag falsch mit der Annahme, dass niemand ihnen Beachtung schenkte.

Niemand hatte sie beachtet.

Aber alle beachteten Dragos. Als sie sich umsah, bemerkte sie mehrere andere Erwachsene, die verstohlen zu ihm hinaufblickten, wo er etwas abseits saß.

Er war die Anomalie in der perfekten vorstädtischen Kulisse. Er war ein Löwe, der sich inmitten eines Schwarms von dicken, gurrenden Tauben ausbreitete, ein düsterer, brutal eleganter Mephistopheles, der einen stillen Spaziergang durch eine seelenruhige Kirche auf dem Land machte und ein instinktiver Teil von ihnen wusste das. Ein paar der Frauen sahen ihn offen lüstern an. Insbesondere eine von ihnen sah gleichzeitig begierig und ängstlich aus.

Sie konnte genau verstehen, wie sich diese Frau fühlte, denn es beschrieb perfekt den Anfang ihrer Beziehung mit Dragos.

Pia dachte nicht gerne an die einsamen Tage zurück, als sie gezwungen war, Dragos zu bestehlen, ihr Leben hinter sich zu lassen und zu flüchten. Diese Anfangszeit, bevor sie und Dragos Gefühle füreinander entwickelt hatten, war eine ihrer unangenehmsten Erinnerungen.

Sie hatte solche Angst vor ihm gehabt. Dann, nachdem sie ihn kennengelernt hatte, war sie so verängstigt gewesen *und* hatte sich gleichzeitig so zu ihm hingezogen gefühlt, dass sie völlig verwirrt gewesen war.

Er war genauso verwirrt gewesen – wütend über den Diebstahl, misstrauisch und gleichzeitig sexuell von ihr angezogen. Als er sie zum ersten Mal am Strand gefunden und umgeworfen hatte, war er mit seinen Fingern durch ihr Haar gefahren, während er sie mit seinem laserscharfen Blick untersucht hatte und seine Erektion gegen ihre Hüfte gedrückt war.

Also, ist das dein langer schuppiger Reptilienschwanz oder freust du dich einfach, mich zu sehen?

Das war das Erste, was sie je zu ihm gesagt hatte.

Wie in aller Welt konnten wir uns von allen Orten auf dieser Erde nur hier wiederfinden?, fragte sie sich, als sie sich umschaute.

Auf einmal traf sie die Komik in dieser perfekten vorstädtischen Szene. Als sie zu ihrem Cadillac Escalade ging, ertappte sie sich dabei, wie sie gleichzeitig lachte und sich ihr Gesicht abwischte.

AUF DEM NACHHAUSEWEG blieb Dragos ruhig.

Liam schnatterte aufgeregt über seinen Tag und das Football-Training, weshalb er nichts Ungewöhnliches bemerkte.

Pia jedoch war sich qualvoll bewusst, wie schweigsam Dragos war. Die Nerven schnürten ihr die Kehle zu und sie ging gerade so weit auf Liam ein, dass sie seinen Schwung nicht abbremste, während sie verstohlen Blicke auf Dragos' hartes, verschlossenes Profil warf.

Er trug noch immer seine Sonnenbrille. Er versteckte doch nicht den Ausdruck in seinen Augen vor ihr, oder doch? Sich auf die Lippe beißend, starrte sie aus ihrem Fenster auf die vorbeiziehende Landschaft.

Als sie zuhause ankamen, gingen sie durch die Küche hinein. Dragos sagte zu Liam: „Hol dir einen Snack. Deine Mutter und ich müssen etwas besprechen, also gehen wir nach oben in unsere Suite. Wir sehen dich dann beim Abendessen."

„Sicher." Liam blickte von Dragos zu ihr. „Kann ich im See schwimmen gehen?"

Obwohl sie ein beheiztes Schwimmbecken von olympischen Ausmaßen hatten, bevorzugte Liam, im See zu schwimmen, weil er gerne nach Fischen tauchte. Sich räuspernd sagte sie: „Geh nur. Sag Hugh Bescheid, damit er dich begleiten kann."

„Okay!" Er öffnete die Kühlschranktür und steckte seinen Kopf hinein.

Pia drehte sich um, ging durch das Erdgeschoss und stieg mit zittrigen Beinen die Treppe hinauf. Sie wusste ganz genau, wann Dragos die Küche verließ, um ihr zu folgen, aber nicht weil sie ihn hörte. Obwohl er so ein großer Mann war, konnte er sich völlig geräuschlos bewegen, wenn er wollte.

Sie konnte die Hitze seiner magischen Energie spüren, als er den Treppenabsatz erreichte und näher kam. Sie erhöhte ihre Geschwindigkeit, bis sie den Flur beinahe hinunterlief. Sie ließ die Suite-Türe offen und sah sich in dem unordentlichen Schlafzimmer um.

Klamotten waren überall auf dem King-Size-Bett verstreut, Anzüge für Dragos und ihre eigenen Outfits, die sie mit verschiedenen passenden Schmuckstücken darauf entlang der Bettkanten hingelegt hatte. Keines dieser Outfits war von der Stange, nicht für diese Reise.

Sie hatte vergessen, dass sie gerade am Packen war. Seufzend ging sie in ihr Ankleidezimmer und zog ihren größten Koffer aus dem Regal. Als sie zurück ins Schlafzimmer kam, stand Dragos mit den Händen an den Hüften in der Mitte des Zimmers und beobachtete sie. Er hatte endlich seine Sonnenbrille abgenommen.

Sie vermied es, ihn direkt anzusehen, und fragte: „Wie lange werden wir nochmal in D.C. bleiben?"

„Ich warte gerade noch auf die Rückmeldung, aber wahrscheinlich acht Tage, kommt darauf an, wann sich die Anführer der Reiche treffen", sagte er. „Du solltest mit mindestens einer Woche rechnen."

Für einen einwöchigen Aufenthalt in D.C. zu packen, war nicht das Gleiche, wie für eine Woche Urlaub zu packen. Sie berechnete schnell etwas im Kopf.

Sie würde an keinem der Treffen der Anführer der Reiche teilnehmen, also tat sie das als irrelevant ab. Sieben Tage mit womöglich drei Veranstaltungen am Tag bedeutete, dass sie daran denken musste, nicht weniger als einundzwanzig Outfits einzupacken, von denen sieben Abendkleidung sein mussten. Sie könnte vielleicht damit durchkommen, den ganzen Tag über das gleiche Outfit zu tragen, aber darauf konnte sie sich nicht verlassen.

Eine dieser Abend-Veranstaltungen war ein Treffen, welches sie und Dragos von Amts wegen in der Wyr-Residenz in D.C. veranstalteten, aber abgesehen vom Entwerfen und Absegnen der Speisekarte mit dem Wyr-Eventpersonal letzte Woche hatte sie bis jetzt nichts anderes zu tun gehabt, außer sich auf den Trip vorzubereiten.

Sich ihre Augen reibend ging sie zurück in ihr Ankleidezimmer, griff sich noch einen Koffer und zog ihn in das Wohnzimmer.

Außer dass sich seine tiefschwarzen Augenbrauen in einem finsteren Stirnrunzeln gesenkt hatten, hatte sich Dragos nicht bewegt. „Hör auf damit", sagte er.

„Ich kann nicht, nicht, wenn wir morgen um acht Uhr früh los wollen." Sie legte den zweiten Koffer neben den ersten.

„Es macht nichts, wenn wir später losfahren. Unsere erste Verpflichtung ist nicht vor morgen Abend."

„Die Weißes-Haus-Sache", sagte sie. Manchmal machte sie ihr Leben sprachlos. Nicht einmal in einer Million Jahren hätte sie erwartet, an irgendetwas im Weißen Haus als geladener Gast teilzunehmen.

„Ja, die Weißes-Haus-Sache. Komm her." Flink wie ein Wiesel schnappte er sich ihren Arm und zog sie zu sich heran.

Bereitwillig ging sie zu ihm hinüber, aber irgendwie wurde

ihr Kopf schwerer, als sie näher kam, bis sie schließlich auf seine Füße hinunterblickte.

Lange, dunkle Finger fassten sie unter ihrem Kinn und hoben ihr Gesicht behutsam an.

Zur gleichen Zeit hob sie ihren Blick, um in seine Augen zu schauen.

So viele Dinge waren ihnen passiert. Ihre Beziehung dauerte noch nicht einmal zwei Jahre. Ihre Schwangerschaft mit Liam war durch ihre Paarung zustande gekommen. Dragos hatte es sich nicht ausgesucht, Vater zu werden. Er hatte sich daran angepasst.

Sie sagte zu ihm: „Vergiss meinen Gefühlsausbruch an der Schule. Ich will, dass du weißt, dass was immer du sagst, es wird okay sein."

„Ja."

Seine Antwort war so atemberaubend einfach, dass sie sie zuerst nicht registrierte. Als sie es dann tat, fing ihr Herz an zu klopfen. Sie konnte ihren Ohren nicht trauen.

„Das ist alles – einfach nur ja?", fragte sie noch einmal, halb lachend. „Das ist alles, was du dazu zu sagen hast? Ich denke, ich fühle mich um ein langes, angsteinflößendes Gespräch betrogen."

Er hob eine gepflegte Augenbraue. „Ich sagte nicht, dass das alles ist, was ich dazu zu sagen habe. Ich dachte nur, ich würde gleich auf den Punkt kommen." Er studierte sie, während er mit seinem Daumen die Kante ihres Kiefers entlangfuhr. „Du weißt genauso gut wie ich, dass die Chancen gegen uns stehen. Du weißt auch, dass wir uns, falls wir schwanger werden sollten, wahrscheinlich vielen der gleichen Herausforderungen stellen müssen wie beim ersten Mal, und ein anderes Baby wird nicht Liams Platz einnehmen."

Sie schüttelte ihren Kopf. „Natürlich nicht. Liam ist

perfekt, so wie er ist. Ja, zuerst hat es mich erschüttert, herauszufinden, wie schnell er sich entwickeln würde, aber ich bin damit fertig geworden. Wirklich, das ist okay."

„Ich glaube dir." Er schob seine Hand von ihrem Kinn weg und seine Finger streichelten ihren Nacken.

„Und ich glaube, dass du noch ein Baby willst um dieses Babys willen. Die Elternschaft hat uns überrumpelt, und das ist auch okay. Dieses Mal aber würde ich mich gerne dazu entscheiden."

„Genau", flüsterte sie. Seine Berührung fing an, ihre Sinne zu betäuben, sie gleichzeitig zu beruhigen und zu erregen und sie begann, sich aus anderen Gründen träge zu fühlen. Aufrecht stehen wurde anstrengender.

Nach vorne schwankend breitete sie ihre Hände über die breite Fläche seiner Brust aus.

Er legte seine Arme um sie. „Ich denke, worüber wir reden sollten, ist, wie wir mit der Enttäuschung umgehen werden, falls es nicht klappt. Weil es gut möglich ist, dass das passiert."

„Man kann nie wissen", sagte sie zu ihm. Sie blickte zu seinem Gesicht hoch. „Ich kann mir keinen Reim darauf machen, wie schwer es für die Alten Völker ist, schwanger zu werden und Kinder auszutragen. Manche Familien haben mehr als ein Kind. Vielleicht ist dein Sperma so mächtig, dass du magische Geschosse verschießt."

Sein angespannter Gesichtsausdruck verflog und er brach in Gelächter aus. Fast genauso schnell ernüchterte er auch wieder und sagte ohne eine Miene zu verziehen: „Natürlich mache ich das."

Dann war sie an der Reihe zu lachen. Sie warf ihre Arme um ihn. „Ja, wir werden vielleicht enttäuscht sein und wir werden damit umgehen, falls es passiert. Wenigstens willst du es versuchen.“

„Das will ich.“ Seine Stimme wurde tiefer. Während er eine Hand in ihren Nacken legte, wanderte die andere auf die Rundung ihres Hinterns. „Versuchen, schwanger zu werden, ist eine meiner Lieblingsbeschäftigungen. Wir werden häufig trainieren müssen und mit großem Eifer.“

Sie kicherte, während die Freude in ihr zu tanzen begann. Vielleicht würden sie ein kleines, starkes Mädchen mit Dragos' goldenen Augen bekommen. Vielleicht würden sie noch einen Drachen bekommen. Sie vergötterte ihre wilden, liebenswerten Drachen.

Es gab noch immer so viel, über das sie reden wollte, und so viel, das sie bedenken mussten. Wie Dragos schon betont hatte, ein anderes Kind könnte sehr wohl die gleichen Fähigkeiten wie Liam haben und mit erhöhter Geschwindigkeit wachsen.

Und wie sie eben schon zueinander gesagt hatten, bestand ebenfalls eine sehr reale Chance, dass sie überhaupt keine Kinder mehr bekommen konnten. Liam war das Ergebnis ihres ursprünglichen Paarungsrausches. Dieses Mal hätten sie vielleicht nicht so viel Glück.

Falls das der Fall sein sollte, wollte sie über die Adoption eines Wyr-Babys nachdenken. Sie würde sich tatsächlich sehr darüber freuen, irgendein Baby zu adoptieren, aber Wyr waren in ihrem Haushalt und ihren Leben so vorherrschend, dass sie nicht wollte, dass sich irgendeines ihrer Kinder wie ein Außenseiter fühlte, so wie es ihr während des Erwachsenwerdens ergangen war.

Aber das konnte sie sich für eine zukünftige Unterhaltung aufsparen. Vorerst zersplitterten ihre Gedanken, als Dragos mit einem Finger leicht unter den Ausschnitt ihres Tanktops fuhr. Die sanfte Reibung seiner schwieligen Haut auf ihrer sandte einen Schauer über ihren Körper.

Sie hatten zwar noch viel zu besprechen, aber sie hatte das Gefühl, dass die Zeit für ernsthafte Gespräche jetzt vorbei war.

„Wir haben noch etwas Zeit bis zum Abendessen", murmelte er. Sein Blick war schwer und räuberisch geworden. „Vielleicht sollten wir anfangen zu üben, schwanger zu werden."

Sie leckte sich ihre Lippen. Für die Wyr war Verhütung nichts, was sie äußerlich tun mussten, wie die Antibabypille nehmen oder Kondome benutzen. Stattdessen war es ein innerlicher, angeborener Wesenszug. Einst hatte sie sich die Spirale einsetzen lassen müssen, bevor sie es geschafft hatte, sich in ihre Wyr-Gestalt zu verwandeln und vollen Zugriff auf ihre Wyr-Seite zu erhalten. Jetzt war der Versuch, schwanger zu werden, genauso einfach und elementar, wie ihren Körpern zu sagen, loszulassen.

Einfach loslassen.

Es war eine berauschende Erfahrung, wie das Gaspedal eines Rennwagens durchzudrücken. Das Verlangen, das sie für ihn verspürte, ließ niemals nach. Es war eine treibende, unnachgiebige Kraft, die ihre Tage und Nächte lenkte. Sie war noch nie zuvor so besessen von etwas oder jemandem gewesen. Es hatte sie so unauslöschlich gekennzeichnet, dass sie sich nicht vorstellen konnte, ohne es, ohne ihn zu leben.

Sie versuchte locker zu klingen, als sie sagte: „Ja, ich denke, du könntest noch ein paar Tipps gebrauchen."

Er kniff die Augen zusammen und spannte eine große Faust um den zarten Träger ihres Tanktops, eine Geste, die sehr behutsam und zugleich unverfroren dominant war. „Ich werde dich dazu bringen, das zurückzunehmen."

„Du kannst es sehr gerne versuchen", flüsterte sie. Aus

ihrem Übermut war rauchige Sehnsucht geworden. „Bitte, gib dir große Mühe."

Ein Lächeln erhellte seine harten Gesichtszüge. „Glaub mir, es wird mir ein großes Vergnügen sein."

Kapitel Zwei

IHRE NECKEREI WAR nichts Neues. Es war ein Hauptbestandteil ihres täglichen Lebens und Dragos war mittlerweile darauf angewiesen, wie er darauf angewiesen war zu atmen.

Er sonnte sich in dem Funkeln, das ihre Augen erleuchtete, als wäre es Sonnenlicht. Ihre Freude wärmte und stärkte ihn. Ihr femininer Duft stillte einen wilden Hunger, der niemals schwand oder nachließ, egal wie sehr er versuchte, sich an ihr zu sättigen.

Sogar als er sie völlig vergessen hatte, hatte er sie noch immer gewollt. Die Erinnerung an seine kurze Zeit der Amnesie ließ ihn seine Lippen aufeinanderpressen.

Der Bauunfall, der seine Verletzung verursacht hatte, war vor ein paar Monaten passiert. Es hatte nur ein paar Tage angedauert, bis er fast all seine Erinnerungen zurückerlangt hatte, doch auch als er von allem in seinem Leben hätte davonfliegen können und nie einen Unterschied erkannt hätte, war er von ihrer Gegenwart fasziniert gewesen und von ihrem Durchhaltevermögen verführt worden.

Sogar damals, als der Drache am ungezähmtesten und gefährlichsten gewesen war, hatte er sich mit ihr gepaart. Er konnte sich noch immer an den merkwürdigen, besitzergreifenden Kampf erinnern, den er gespürt hatte, die seltsame Eifersucht sich selbst gegenüber oder zumindest dem Mann gegenüber, der er dachte, gewesen zu sein, bevor sein Gedächtnis zurückgekommen war.

Sie hatten sich zweimal als Gefährten gewählt. So alt er auch war, hatte er noch nie von so etwas gehört. Er nutzte seinen Griff um ihren Spaghettiträger, um sie näher heranzuziehen und knurrte sanft in ihr Gesicht: „Du wirst mich niemals los. Niemals, solange wir beide leben."

Das gleiche Wunder trat ein, so wie immer, und doch versetzte es ihn jedes Mal in Erstaunen. Ein Ausdruck von Ruhe ließ ihre Gesichtszüge weich werden. Sie schenkte ihm ein schwaches Lächeln, als sie zurückflüsterte: „Niemals."

Sie wollte, dass er sie nie losließ. Sie wollte ihn.

Er fasste ihre Hüften und drückte sie gegen sich, sodass sie seine Erektion durch den Stoff seiner Jeans spüren konnte. Ihre Augenlider wurden schwer und ihr friedlicher Gesichtsausdruck errötete. Sie leckte ihre Lippen, benetzte das plumpe, weiche Fleisch, sodass er sie kosten musste.

Er neigte seinen Kopf und bedeckte ihren Mund mit seinem. Sie hatte ihm beigebracht, zärtlich zu sein, eine Eigenschaft, die ihm nicht leicht gefallen war, doch er hatte sie gerne erlernt, weil es all die vielen, köstlichen Facetten ihres Vergnügens hervorhob, die er zu verschlingen liebte.

Das Einfangen ihres Atems. Die Art, wie ihre violetten Augen dunkler wurden. Das Zittern ihrer Lippen. Sie war kälter als er, aber trotzdem, wenn die Leidenschaft anstieg, färbte sich ihre blasse Haut in ein dunkles Rosa, so als würde in ihr ein Feuer entfacht werden. Er saugte alles auf, den Beweis, was er in ihr auslöste. Er hätte das alles verpasst, wenn er die Lektionen, die sie ihm erteilt hatte, nicht erlernt hätte.

Er würde immer ein selbstsüchtiger Mann sein. Doch die Sanftmut, die sie ihn gelehrt hatte, bereitete ihm Freude.

Aber trotz seiner selbst und des Vergnügens, das er aus ihrer Erregung zog, war die Kombination dessen, über was sie gesprochen hatten – über was er nachgedacht hatte – ein zu mächtiger Cocktail, um ihm zu widerstehen.

Die Möglichkeit, dass er sie schwängern könnte, ließ ihn so hart werden, dass er nur bei dem Gedanken daran beinahe in seine Hose abgespritzt hätte. Und die Erinnerung daran, wie er sich kürzlich mit ihr gepaart hatte – beide Male – brachte ihn erneut mit seinen früheren Gefühlen in Berührung.

Er hätte sie schon so oft beinahe verloren und sie hätte ihn beinahe verloren. Ganz am Anfang, als er so dominante, besitzergreifende Gefühle hatte, hätte sie ihn kurzerhand zurückweisen können und das wäre es gewesen. Sie hätte jeden Grund gehabt, ihn zurückzuweisen. Er hatte sie verfolgt, terrorisiert und trotzdem kam es so, dass sie ihn liebte. Ihn zu ihrem Gefährten machte.

Der Paarungsrausch war immer in seinem Hinterkopf, eher ein Ort, den er gerade hinter einer Ecke zurückgelassen hatte. Alles, was er tun musste, war umzukehren, um die Ecke zu gehen und er war wieder dort.

Verrückt davon, sie zu wollen.

Wahnsinnig eifersüchtig auf alles, was ihre Aufmerksamkeit von ihm weg lenkte.

Und mit einem Verlangen, dass sich wie ein Messer in seiner Magengrube anfühlte.

Nachdem er über ihr Haar gestrichen hatte, unterbrach er den Kuss. Er neigte ihren Kopf nach hinten und presste seine Lippen an ihren verletzlichen, wunderschönen Hals.

Er sagte an ihrer blütenweichen Haut: „Du weißt, wie das läuft, oder nicht?“

Er hatte vor, sie zu dem ersten Mal zurückzubringen, als

sie miteinander geschlafen hatten, als er ihr gesagt hatte *Ich werde dich lecken, bis du schreist.*

Anstatt ja zu sagen, ließ sich Pia von seinem Gesprächsaufhänger treiben.

„Auf gewisse Art und Weise", flüsterte sie zögernd. Sie fuhr mit ihren Händen seine Arme hoch und grub ihre Finger in seine Schultern. „Du fingerst hier, ich sauge dort. Oder vielleicht saugst du und ich fingere. Oder beides. Ein paar Streicheleinheiten und zehn oder fünfzehn Stöße. ‚Oh Baby, du bist so gut, ich halte es nicht aus', *Peng* und so weiter, ‚lass uns den Kühlschrank plündern.'"

Er spürte, wie sich seine Lippen zu einem Grinsen verzogen und er zwang sich, damit aufzuhören. Er drängte etwas Biss in seine Stimme und wiederholte: „*Zehn* oder *fünfzehn* Stöße?"

Ihr Körper zitterte, als sie zu kichern anfing. „Weißt du, ich habe niemals wirklich mitgezählt. Ich bin meistens zu sehr mit meinem eigenen *Peng* beschäftigt, als darauf zu achten, was du machst."

„Deinem *Peng*", brummte er. Ihr Tanktop war von einem schönen Kirschrot, eine seiner Lieblingsfarben. Er schob den weichen, dünnen Stoff über ihren Oberkörper und sie hob ihre Arme, sodass er ihn über ihren Kopf ziehen konnte. „Ich denke, du irrst dich."

„Bei was?" Ihr lachendes Gesicht tauchte unter dem Top auf, ihre Haare waren zerzaust und ihre Augen funkelten.

Sie trug keinen BH und ihre Brüste sprangen frei herum. Ihre wunderschönen, üppigen runden Brüste mit den erigierten pinken Nippeln. Ihm lief das Wasser im Mund zusammen, als er sie ansah.

„*Pengs*. Plural.", sagte er zu ihr. Er nahm ihre Brüste und massierte ihre Nippel mit seinen Händen. Seine Stimme vertiefte sich zu einem Knurren. „Du bist zu beschäftigt mit deinen vielen *Pengs*, um aufzupassen, was ich mache. Und ich werde dich *pengen* lassen, bis du schreist."

Ihr Kichern wurde heiser und ihre Augen verdunkelten sich vor Vergnügen. Sie flüsterte: „Gib dein Bestes, starker Mann."

So hatte sie ihn seit Monaten nicht genannt. Einer seiner Mundwinkel hob sich, als er sie aufhob und auf das Bett fallen ließ.

Ihre Augen weiteten sich, als sie mit ausgebreiteten Armen und Beinen inmitten von Anzügen und Kleidern landete. Ihr hellblondes Haar fiel über ihr Gesicht. Lachend begann sie wegzurollen. „Saubere Kleidung! Saubere Kleidung!"

„Scheiß auf die Klamotten", sagte er. Sich mit einem Knie auf der Matratze des Bettes abstützend, nahm er die Kleider und warf sie beiseite.

Ihr Lachen wurde atemlos. „Ich hatte vor, das alles einzupacken", protestierte sie.

„Scheiß auf Packen", sagte er zu ihr. Als sie versuchte, sich vom Bett zu winden, packte er sie an den Hüften und zog sie zu sich.

„Das kannst du leicht sagen", schimpfte sie, aber es war keine Schärfe in ihren Worten. „Du packst deine Sachen nie selbst. Sachen tauchen einfach wie von Zauberhand auf, sauber und gebügelt und bereit, wann immer du sie brauchst."

Sie setzte sich auf und ihre zittrigen Finger ergriffen den Saum seines Shirts und schoben es über seinen Oberkörper. Er half ihr, indem er das Shirt über seinen Kopf zog und es beiseite warf.

Er nahm eine Handvoll ihrer Haare und musterte sie. Blasse goldene Strähnen schimmerten im Licht des späten

Nachmittags. Einem Impuls folgend, rieb er sein Gesicht in dem üppigen Haar. Es fühlte sich wie reine Seide auf seiner Haut an.

„Natürlich tauchen Dinge wie von Zauberhand auf, wenn ich sie brauche", sagte er zu ihr. „Deshalb haben wir ja auch so viele Hausangestellte."

Sie distanzierte sich etwas, um ihn zornig anzustarren. „Hey, ich habe Neuigkeiten für dich – all diese ordentlich auf dem Bett bereitgelegte Vorbereitungsarbeit, die du eben auf den Boden geschmissen hast? Deine Hausangestellten hatten nichts damit zu tun. Deine Frau hat das erledigt."

Er kniff die Augen zusammen. „Wir sind beide halb nackt auf dem Bett, drauf und dran zu üben, schwanger zu werden und einander multiple *Pengs* zu bescheren und wir streiten über Wäsche?"

Ihr zorniger Blick wurde zu Unsicherheit. Nach einer Pause sagte sie: „Ich denke ja?"

Ungemein zufrieden nickte er und zog sie hoch an seine Brust. Sie knieten dort, Haut an Haut. Mit seinen Händen die elegante Kurve ihres Rückens hinunterfahrend, flüsterte er an ihren Mund: „Wir sind sowas von verheiratet."

Ihre Unsicherheit verschwand, um durch Glück und Wärme und einen Schimmer von zurückkehrendem Gelächter ersetzt zu werden. „Ja, das sind wir, oder nicht?"

„Und sogar zweimal gepaart", flüsterte er an ihren Mund. Ihre Lippen waren prall und weich und passten sich seinen an, als er sie küsste. „Falls du darüber nachgedacht hast, zu versuchen, da rauszukommen."

„Also eigentlich hast du dich zweimal gepaart", betonte sie. „Ich habe keine Amnesie erlitten, also bin ich es nicht."

Seine suchenden Finger fanden den Verschluss ihrer Shorts. Als er den Haken öffnete und den Reißverschluss aufmachte, hörte er, wie ihr der Atem stockte.

„Keine Wortklauberei, Frau", knurrte er. „Wir sind verheiratet, zweimal gepaart und ich bin dabei, dich auszuziehen und mit meinem mächtigen Samen zu schwängern. Also würdest du dich bitte zurücklegen und deine *Pengs* genießen?"

„*Ooh.*" Ihr leises sexy Gemurmel der Vorfreude schoss direkt in seinen Schritt.

Als er sie zurückdrückte, machte sie bereitwillig mit, und im Liegen hob sie ihre Hüften, damit er ihre Shorts und ihr Höschen herunterreißen konnte. Er warf auch diese weg, ohne nachzusehen, wo sie landeten.

Seine ganze Aufmerksamkeit war auf die wunderschöne Frau gerichtet, die vor ihm lag, ausgebreitet wie ein Festmahl. Sie schimmerte sanft im Licht der Nachmittagssonne und er realisierte, dass sie ihren dämpfenden Zauber abgelegt hatte, um vollkommen nackt für ihn zu sein. Weil ihre Wyr-Gestalt so selten war und es so unglaublich gefährlich für sie wäre, falls sie jemals an die Öffentlichkeit kommen sollte, versteckte sie ihr wahres Wesen vor jedem außer ihm, Liam und ihren engsten Vertrauten.

Wärme breitete sich in ihm aus, Vergnügen und eine Art von Gefühl, dem er keinen Namen geben konnte. Sie gab ihm so viel, bevor er auch nur daran dachte, darum zu bitten. Sie gab ihm alles.

Er zog seine Jeans aus und senkte seinen Körper über ihren und beobachtete, wie ihre Augen dunkler wurden, als sich ihre nackten Körper aufeinander legten. Als sein steifer Schwanz gegen den anmutigen Bogen ihres Beckenknochens strich, pochte er und an dem Stocken ihres Atems merkte er, dass sie es ebenfalls gespürt hatte.

Er zügelte seinen Impuls, loszulegen. Es war zu früh und

sie wäre vielleicht noch nicht bereit für ihn. Er knurrte leise von der Anstauung inneren Drucks und gönnte sich, ihren prallen, einladenden Mund zu schänden, während eine seiner Hände ruhelos über die zarten Kurven ihres Körpers wanderte.

Sie schlang ihre Arme um ihn, küsste ihn mit dem gleichen fiebernden Bedürfnis, mit dem er sie küsste. Die inneren Flammen wurden heißer, wilder. Er griff ihre Brüste und rollte ihren Nippel zwischen Daumen und Zeigefinger, während seine Zunge tief in ihren Mund tauchte.

„Du bist heiß", flüsterte sie an seine Lippen.

„Ich brenne", murmelte er.

Klares Denken verschwand in einem roten Nebel. Er knabberte die weiche Haut ihres schlanken Halses hinunter, verlagerte sein Gewicht nach unten, sodass er an ihren vollen Brüsten saugen und sie reizen konnte. Stöhnend bewegte sie sich ruhelos unter ihm. Sie hielt seinen Hinterkopf mit verkrampften, zitternden Fingern, während der berauschende Duft ihrer Erregung in der Luft erblühte.

Seine saugenden Bisse brachten das Blut unter ihrer schimmernden Haut zum Vorschein, sodass die Schatten seiner Berührung sie deutlich kennzeichneten.

Er *liebte* es, seine Markierung auf ihr zu hinterlassen. Er *liebte*, dass sie diese Stellen mit offensichtlichem Vergnügen berührte, nachdem sie miteinander geschlafen hatten. Er kannte ihre erogenen Zonen und er kannte ihre Grenzen, und die Intimität, die sie in den letzten achtzehn Monaten entwickelt hatten, machte ihre gemeinsame Zeit nur noch schöner.

Sich weiter nach unten bewegend, schob er ihre langen, schlanken Beine über seine Schulter, sodass sie noch entblößter vor ihm lag. Es war eine seiner liebsten Stellungen und sie änderte eifrig ihre Haltung, um ihm entgegenzukommen.

Mit den Fingern einer Hand teilte er die prallen, pinken Blütenblätter ihres zarten Fleisches, die ihre Öffnung umgaben. Ihr erdiger, satter Duft erfüllte seine Nasenlöcher und ihr Anblick war so erregend, dass sein schmerzender Schwanz erneut pulsierte.

Verheiratet. Zweimal gepaart.

Diese von Menschen inspirierten Wörter waren wichtig und immens befriedigend. Doch sie konnten die tiefste Essenz der Wahrheit zwischen ihnen lediglich andeuten.

Nur ein Wort beschrieb es. Endlich legte er seinen Mund auf sie und knurrte an ihr intimstes Fleisch: „Mein.“

✧   ✧   ✧

DRAGOS' KNURREN PULSIERTE durch ihren Unterkörper und sie fing als Reaktion darauf zu zittern an.

Er war die Wildheit in Person, schwach eingehüllt in die Gestalt menschlichen Fleisches, doch hatte er sie noch kein einziges Mal bewusst verletzt und sie wusste auch, dass er es niemals tun würde.

Der Anblick seines dunklen Kopfes zwischen ihren Beinen erregte sie jedes Mal. Zielsicher fand seine Zunge ihre Klitoris und begann, sie zu bearbeiten. Der Rhythmus seines Mundes pulsierte durch ihren Körper. Er übernahm das Klopfen ihres Herzens und pochte in ihren Venen.

Vergnügen war eine Spirale, die höher und enger wurde, während er an ihr saugte. Als er zwei seiner langen, geschickten Finger in ihren engen Kanal einführte, explodierte sie wie eine Supernova. Er wusste, dass ihr Orgasmus sie durchfuhr und massierte sie währenddessen sanft weiter.

„Mein allererstes *Peng* des Tages“, flüsterte sie, während

sie über sein Haar strich.

Sein flüchtiger, goldener Blick funkelte sie an. *Nicht dein letztes.* Ein sexy Knurren hatte seine mentale Stimme übernommen. *Bei Weitem nicht.*

Sie streckte sich vor purer, wohliger Wonne in einer genießerischen, wellenförmigen Rollbewegung. Den Göttern sei Dank für einen detailorientierten Ehemann, der immer versuchte, sich zu übertreffen.

Jegliche zusammenhängende Gedanken verpufften aus ihrem Verstand, als er fester an ihrem überempfindlichen kleinen Stück Fleisch saugte. Nachdem sie bereits einmal den Höhepunkt erreicht hatte, kam das Vergnügen stärker zurück, in einer heftigen Welle von Gefühlen. Sie ergoss sich entlang ihrer Nervenenden, bis die Intensität beinahe unerträglich wurde.

Sie konnte ihre Hüften nicht still halten. Sie hoben sich, um seinen weisen, unerbittlichen Mund zu treffen. Sie versuchte, ihn bei den Haaren zu packen, aber sie waren zu kurz und die seidenweichen Strähnen rutschten ihr durch die Finger. Die angestaute Spannung würde sie umbringen, wenn es nicht bald so weit war. Ihr Herz klopfte, als würde sie laufen, ständig laufen.

Schon immer ihm entgegenlaufen.

Ihr zweiter Orgasmus schlug sie zurück in die Matratze. Ihre Hände von sich werfend, griff sie eine Handvoll der Tagesdecke, damit sie in dem Wirbelsturm etwas zum Festhalten hatte, und hustete einen heiseren, atemlosen Schrei aus.

„Okay, okay"; keuchte sie, als sie wieder sprechen konnte. „Ruhig – Dragos, bitte …"

Ich denke gar nicht daran, säuselte Mephistopheles in ihrem Kopf.

Dieses Mal war der Gipfel des Vergnügens umgehend und wild, als ob der Drache sie in seinem Maul gehabt und geschüttelt hätte.

Ihre Beine umklammerten seinen Rücken und ein weiterer heiserer Schrei entkam ihren zitternden Lippen. Sie beschimpfte ihn und ihr schelmischer Liebhaber lachte sie aus. Oh Götter, alles in ihr stand in Flammen und er wollte … einfach … nicht … aufhören.

Sie versuchte, ebenfalls zu lachen, aber sie bekam keine Luft. Aus Verzweiflung griff sie hinter sich nach einem der Kissen. Sie schlug ihm damit auf den Kopf. „Davon werde ich nicht schwanger werden!"

Daraufhin erhob er sich auf Hände und Knie und kroch ihren Körper hinauf. Er war gleichzeitig so gewaltig und fließend, dass seine Kraft und seine Grazie ihr noch das letzte bisschen Luft raubten.

Aus diesem Blickwinkel sah seine Brust gewaltig aus und seine Erektion hing groß und dick über seinen prallen, runden Hoden. Seine goldenen Augen glühten mit Licht und Hitze und sein Gesichtsausdruck hatte jegliche übriggebliebene Menschlichkeit verloren.

„Oh, ich werde dich schon schwängern", sagte ihr der Drache ins Gesicht. „Ich werde dich ficken, bis du nicht mehr gehen kannst."

„Versprechungen", versuchte sie zu spötteln. Doch es klang eher nach einem gekeuchten Gekicher. Sie schlug ihn erneut mit dem Kissen.

Mit einer blitzschnellen Bewegung entriss er es ihr. Einen Arm um ihre Taille hakend, schob er das Kissen unter ihre Hüften. Sie machte es sich bequem, neigte ihr Becken für ihn hoch, während sie mit beiden gierigen Händen nach seinem Schwanz griff.

Zusammen positionierten sie die breite, dicke Spitze seiner Erektion an ihre Öffnung und mit einer brutal schnellen Bewegung stieß er in sie. Er hatte seine Sanftmut verloren und keiner von beiden vermisste sie. Sie war so feucht und geschwollen, so empfindlich, dass sie erneut kam, sobald er sich an ihr rieb. Dieses Mal war sie darüber hinaus, irgendein Geräusch zu machen. Ihr ganzer Körper bebte und Tränen rannen aus ihren Augenwinkeln.

Er zerstörte sie, völlig. Er riss jede Wand nieder, die sie gegen die Welt errichtet hatte, bis er sie im Innersten erobert hatte. Nackt und verletzlich tat sie das Einzige, was sie machen konnte – sie schlang ihre Arme um seinen Hals und hielt sich mit ganzer Kraft an ihm fest.

Er fickte sie wild, mit kurzen harten Stößen, und schaute ihr mit barbarischen Augen ins Gesicht. Sie war umgeben und erfüllt von Hitze und Anspannung. Er kam in völliger Stille, stieß flach gegen sie und sein mächtiger Körper wurde hart wie Stahl. Ihre schweren Augenlider senkten sich, als sie ihn in sich pulsieren fühlte.

Als das Pochen langsamer wurde, schaffte sie es, einen ihrer zitternden Arme loszueisen, sodass sie sein Gesicht, seine Haare streicheln konnte. Götter, die Liebe, die sie für ihn verspürte, war so intensiv, dass sie manchmal ihren Körper verließ.

Seine glühenden Augen schließend, drehte er dieses wilde, unmenschliche Gesicht in ihre streichelnde Hand und presste seine Lippen gegen ihre Handfläche.

„Wie viele Stöße waren das?" Seine Stimme war kehlig geworden.

Es dauerte einen Moment, bis ihr die Bedeutung seiner Worte bewusst wurde. So erledigt wie sie war, brach sie in kraftloses Gelächter aus. „Siehst du? Es ist, wie ich es dir gesagt habe – bin so beschäftigt mit meinen eigenen *Pengs*, dass ich überhaupt nicht darauf achte, was du tust."

Schwer atmend zog er sich aus ihr. Bevor sie dazu kam, ein enttäuschtes Gesicht wegen seines abrupten Aufbruchs aufzusetzen, nahm er sie in einen festen, undurchdringlichen Griff und drehte sie um, sodass sie auf ihrem Bauch lag, das Kissen noch immer unter ihren Hüften.

„Dann kümmere dich nicht um mich", knurrte er. „Ich werde mit dir weitermachen. Denn ich bin noch nicht fertig."

Noch nicht fertig.

Die Worte liefen ihren Rücken in einem flüssigen Brutzeln hinunter.

Er war in den Paarungsrausch verfallen. Oh Götter. Das ließ ihre Muskeln erneut zittern. Es war eine tiefliegende, unkontrollierbare Reaktion.

Kraft und Energie flossen zurück in ihre Glieder. Sie rutschte auf ihre Ellbogen hoch. Die Knie anziehend, zog sie sich zu ihm hoch. Es war eine der primitivsten und angenehmsten Stellungen und sie befriedigte etwas Animalisches tief in ihrem Inneren.

Mit einem Blick über ihre Schulter flüsterte sie: „Ich bin bereit, wenn du es bist, starker Mann. Auf geht's."

So wie die Dunkelheit den Mond verfinsterte, so kam er über sie. Es fühlte sich so richtig an, so gut, als er in sie eindrang. Es fühlte sich notwendig an. Die Augen schließend und noch immer zitternd, öffnete sie sich und ließ ihren eigenen Paarungsrausch hereinbrechen.

An einem Punkt klopfte jemand an ihrer Tür. Als Dragos die Person anbrüllte, sie solle abhauen, tat sie dies lachend. Es war Eva.

Pia schaffte es, sich gerade so weit zusammenzureißen, um der anderen Frau telepathisch zu sagen: *Bitte mach Liam*

Abendessen und sag ihm, Mommy und Daddy sind sehr müde und werden ihn am Morgen treffen.

Sicher, ich werde es ihm ausrichten, sagte Eva. *Aber du weißt, dass er es besser weiß, oder?*

Man nennt es eine höfliche Erdichtung, sagte Pia genervt. *Das ist es, was Familien einander erzählen, nicht wahr?*

Evas Lachen ertönte lauter aus dem Flur.

Pia war versucht, sie erneut anzufahren, aber genau da tat Dragos etwas mit ihr, was ihre Augen zurück in ihren Kopf rollen und die übrige Welt verblassen ließ.

Der Rest des Abends und die Nacht vergingen in einem erregten Feuer, bis schließlich die Erschöpfung einen unerbittlichen Anspruch auf sie erhob. Sie schlief schlaff über Dragos' Brust drapiert ein, während seine Faust ihr Haar umklammert hielt.

Irgendwann später, viel später, erwachte sie aus einem tiefen Schlaf.

Das Erste, was sie bemerkte, war, dass sie alleine im Bett lag und jeder Muskel schmerzte. Es war ein guter, tiefer Schmerz, der von völliger Sättigung hervorgebracht wurde.

Warmes Sonnenlicht lag über einem Arm und einer Schulter.

Sonnenlicht?

Sie schaffte es, ein Auge zu öffnen. Es offenbarte sich ein weiterer strahlender, sonniger Tag außerhalb der nahe gelegenen offenen Balkonfenster.

Sonnenlicht strömte niemals vor dem späten Morgen und frühem Nachmittag durch diese Fenster.

Sie waren viel, viel, viel zu spät dran und sie hatte noch nicht einmal gepackt.

„Oh nein", murmelte sie. Es hörte sich eher nach einem Krächzen an.

„Ich muss schon sagen, Liebste. Das ist nicht das Erregendste, was du jemals nach einer ganzen Nacht voller Liebe gesagt hast."

Dragos' Stimme tönte quer durchs Zimmer. Mit gewaltiger Anstrengung drehte sie ihren Kopf und ließ ihn zurück ins Kissen plumpsen.

Dragos lag ausgebreitet auf einer nahe platzierten Chaiselongue. Er hatte sich geduscht, jedoch nicht rasiert, und sich Jeans angezogen, blieb jedoch oberkörperfrei und barfuß. Aus ihrem Augenwinkel sah sie, dass er den Fernseher des Schlafzimmers auf den Nachrichtenkanal eingestellt und den Ton ausgeschaltet hatte. Er hatte den Laptop auf seinem Schoß, aber als sie ihn beobachtete, stellte er ihn beiseite.

„Es ist so spät und ich bin noch nicht mit dem Packen fertig", sagte sie. „Was sage ich da? Ich habe es noch nicht einmal geschafft, mich aufzusetzen."

Eine Seite des Bettes senkte sich, als er sich darauf kniete, um zu ihr herüberzukommen. Seinen Mund an ihr Schulterblatt pressend, sagte er gegen ihre Haut: „Ich habe gepackt."

Bei der Berührung seiner Lippen schlängelte sich Hitze ihren Körper hinab. Sie drückte sie weg und beäugte Dragos misstrauisch. „Was meinst du mit *ich habe gepackt?*"

„Ich meine, dass ich gepackt habe. Alles. Mein Zeug und dein Zeug." Mit der flachen Hand ihren Rücken hinunterstreichend, nickte er zur Tür.

Sie lehnte sich auf ihre Ellbogen, um nachzusehen. Alle Koffer waren neben der Tür aufgestapelt.

„Make-up?"

„Du hattest alles auf dem Tisch zurechtgelegt."

Sie konnte es kaum glauben. Dragos war die am wenigsten häusliche Person, die sie kannte. Den Boden absuchend stellte sie fest, dass er frei von jeglicher Kleidung war, die er in der Nacht zuvor dort hingeworfen hatte. „Toilettenartikel?“

„Ja, deine Toilettenartikel auch. Schau nicht so skeptisch. Ich beobachte jeden Tag, was du tust, ich weiß, was du benutzt.“ Seine Stimme war erneut tiefer geworden, als er weiter ihren Rücken streichelte.

Er liebte es, sie zu berühren, aber weil es bereits so spät war, konnten sie es sich nicht leisten, sich wieder im Paarungsrausch zu verlieren, sonst würden sie zwei Tage zu spät in D.C. ankommen und die Weißes-Haus-Sache gänzlich verpassen.

Sie griff nach seiner Hand, mit der Absicht ihn wegzudrücken, aber irgendwie verworren sich ihre Finger stattdessen in seinen.

Sie zog seine Hand zu sich, legte ihre Wange darauf und murmelte: „Schmuck.“

Gleich als sie es sagte, wusste sie, dass es die dümmste all ihrer Fragen war. So wie sie ihn kannte, hatte er den Schmuck vermutlich als Erstes eingepackt und erst nachdem er die Schatulle gründlich durchgegangen war, um die Juwelen darin zu bewundern.

„Du hattest deine Reise-Schmuckschatulle rausgelegt“, sagte er. „Also, was denkst du?“

Der breite Rücken seiner starken Hand war leicht mit schwarzen Haaren über den Venen besetzt. Sie presste einen Kuss darauf. „Ich glaube dir.“

„Alles ist erledigt. Du musst nur noch duschen und etwas frühstücken und dann können wir aufbrechen“, sagte er zu ihr.

Der Gedanke an Essen bereitete ihr ein flaues Gefühl im Magen. Sie schob ihn zur Seite, als sie sich aufsetzte. „Ich habe keinen Hunger, aber ich hätte gern eine Tasse Kaffee.“

Er nickte zu der Chaiselongue hinüber. Ihr Blick folgte seiner Kopfbewegung und sie sah das Tablett auf dem Beistelltisch stehen.

„Du hast an alles gedacht." Sie lächelte ihn an.

Er lächelte nicht zurück. Sein Blick war auf ihre nackten Brüste gesunken und sein Gesichtsausdruck war scharf und räuberisch geworden. Eine Brust haltend, strich er mit seinem Daumen den Rand eines dunkel gewordenen Knutschflecks entlang.

Mit tiefer Stimme sagte er: „Du weißt, wir können unsere Meinung jederzeit ändern und einen Tag später losfahren."

Die Hitze, die zwischen ihnen schimmerte, fühlte sich wie ein Vulkan an und schlug mit einem wilden Tempo gegen ihre Haut. Stark nach Selbstbeherrschung ringend, bedeckte sie seine Hand mit ihrer. „Und das Auftakt-Event zu dem Gipfel im Weißen Haus heute Abend verpassen? So sehr ich auch wollen würde, du weißt, dass wir das nicht können."

Seine schwarzen Augenbrauen senkten sich. „Wir können schon."

Die Sache beim Paarungsrausch war, dass er keinen Sinn hatte. Sie lächelte ihn von der Seite an.

„Oder wir können im Flieger nochmal miteinander schlafen."

Sein zurückkehrendes Lächeln war lebendig und leuchtete vor Vorfreude. „Ja. Beeil dich."

Kapitel Drei

P IA DUSCHTE SCHNELL und nachdem sie das Handtuch um ihren Körper gewickelt hatte, ging sie in ihr Ankleidezimmer, um legere Kleidung für die Reise herauszusuchen – eine bequeme Jeans, Sandalen und ein tailliertes Button-down-Shirt.

Als sie das Outfit ins Schlafzimmer trug, fand sie es bereits ohne Dragos und ihr Gepäck vor. Während sie in der Dusche gewesen war, hatte er den Ton des Nachrichtenkanals wieder angeschaltet und danach einer seiner schlechten Angewohnheiten gefrönt, indem er den Fernseher angelassen hatte.

Es machte sie wahnsinnig, wenn er das tat. Sie war von Natur aus unfähig, das Zimmer zu verlassen, ohne vorher den Fernseher auszuschalten. Während sie sich in ihre Jeans tanzte, sah sie sich im Raum nach der Fernbedienung um.

Das Nachrichtenthema wechselte.

„Unmittelbar nach dem entsetzlichen Massaker im Reich der nordkalifornischen Nachtwesen diesen Frühling, hat Washington D.C. die Sicherheitsmaßnahmen für einen einwöchigen Gipfel zwischen den Oberhäuptern der Reiche der Alten Völker und den menschlichen Oberhäuptern der U.S.-Regierung erhöht", sagte der Nachrichtensprecher mit einem strahlenden Lächeln. „Der neueste steile Anstieg der Gewalt bei den Alten Völkern über die letzten Jahre hat mehr als nur einen menschlichen Beamten stutzig gemacht (Pause), aber der Massenmord an siebenundneunzig Personen – die meisten von ihnen menschlich –, ausgeübt von einem der amtsältesten Mitglieder des Nachtwesen-Reichs, hat eine Krise bei den Oberhäuptern der Alten Völker heraufbeschworen, die einfach nicht vorübergehen will. Bundesabgeordnete auf höchster Ebene verlangen nach Rechenschaft für diese Taten und alle Mitglieder der Alten Völker sind darauf eingegangen …"

Was nicht ganz der Wahrheit entsprach.

Pia pausierte, um das Bild des selbstvergessenen Nachrichtensprechers anzustarren.

Die Wahrheit war, dass die Bundesabgeordneten an das Nachtwesen-Reich appelliert hatten, für die zahlreichen Morde Rechenschaft abzulegen, und der Nachtwesen-Regent Xavier del Torro darauf reagiert hatte, indem er den Gipfel vorschlug.

Obwohl die Abschlachtung von so vielen Leuten ganz schrecklich war, hatte in den letzten paar Monaten ihr Entsetzen über die Ereignisse in besorgte Erbitterung darüber umgeschlagen, wie so viele der Nachrichtensender darauf beharren konnten, ein so fürchterliches Verbrechen danach klingen zu lassen, als würden die Alten Völker Menschen ermorden, anstatt von der richtigen Geschichte zu berichten.

Welche war, dass eine gefährliche, mächtige, psychopathische Vampyrin namens Justine all ihre Diener getötet hatte, um das Risiko auszuräumen, dass einer von ihnen mit ihrem Feind, dem Nachtwesen-König Julian Regillus, sprechen und möglicherweise Informationen über ihren Aufenthaltsort und ihre Aktivitäten durchsickern lassen könnte. Oder das Julian persönlich dafür gesorgt hatte, dass der Gerechtigkeit Genüge getan wurde, indem er Justine gejagt und sowohl sie als auch ihre Mitverschwörer getötet hatte.

Aber nachdem die Nachrichten einmal so verdreht worden waren, wurden andere Geschichten hervorgehoben – die Zerstörungen in Chicago, als Attentäter der Dunklen Fae versucht hatten, Niniane zu töten, Schäden an verschiedenen Grundstücken in San Francisco, als Carling auf der Flucht war, und sogar die Sachbeschädigung in New York, verursacht von Dragos' Getöse, als sie seinen Penny gestohlen hatte, wurden immer wieder erörtert.

Verdreht oder nicht, sie hatten nicht ganz unrecht.

Irgendwie hatten sie sogar recht.

Und nachdem sie den Shitstorm beobachtet hatten, der infolge des Nachtwesen-Massakers in den Medien verbreitet worden war, hatten alle Oberhäupter der Alten Völker dem Gipfel zugestimmt.

„Aber wieso muss jeder Nachrichtensprecher diese ‚Wir gegen sie‘-Gesinnung haben?", murmelte sie vor sich hin. „Ist es nicht an der Zeit, anzufangen, über Lösungen zu sprechen, anstatt ununterbrochen die Probleme durchzugehen?"

Nachdem sie endlich die Fernbedienung in den zerknüllten Bettdecken ausgemacht hatte, drückte sie energisch den Ausschaltknopf und friedvolle Ruhe durchflutete den Raum.

Eine Haarbürste durch ihr feuchtes Haar zerrend, ging sie schnell durch das Bad und ihre Schränke, aber Dragos hatte tatsächlich getan, was er gesagt hatte, und alles eingepackt.

In ihrem Ankleidezimmer blieb sie bei ihrem Schmuckschränkchen stehen. Dann, nach einer kurzen Überlegung, öffnete sie es.

Wie hoch war die Wahrscheinlichkeit, dass sie schwanger wurden? Für die Alten Völker war die Wahrscheinlichkeit ohnehin sehr gering, und obwohl sie über Dragos' mächtigen

Samen gescherzt hatten, die Wahrheit war, dass ihre beiden Wesen, ihres und seines, so einmalig magisch waren, dass man nicht wissen konnte, wie das die allgemeinen Statistiken verändern könnte.

Das letzte Mal wurde sie heftig krank, nachdem sie nur ein paar Tage zusammen waren. Nach all dem Aufruhr darüber, herauszufinden, dass sie in der Tat schwanger war, und dann entführt, gejagt und beinahe getötet wurde, hatte ihr Dragos einen mit einem Anti-Übelkeits-Zauber belegten Diamantanhänger geschenkt, der zu ihrer Rettungsleine für den Rest ihrer Schwangerschaft geworden war. Raubtier- und Pflanzenfresser-Gene passen im Mutterleib nicht gut zusammen.

Und was, wenn sie außerordentliches Glück haben würden und es erneut passieren würde?

Nach ein paar zögernden Augenblicken nahm sie die Halskette heraus, verstaute sie in ihrer eigenen Samt-Schatulle und warf diese in ihre Handtasche. Vorsicht ist besser als Nachsicht, denn diese Übelkeit würde sie zu einem jämmerlichen Wyr machen, und wenn es eine Woche gab, in der sie es sich nicht leisten konnte, krank zu sein, dann war es diese.

Zufrieden mit ihrer Entscheidung ging sie nach unten, wo Dragos wartete.

Sie hatten Liam die Wahl gelassen – er konnte entweder mit ihnen nach D.C. kommen oder er konnte zuhause bleiben, um weiter zur Schule zu gehen. Aufgeregt darüber, dem Football-Team beigetreten zu sein, hatte er entschieden zuhause zu bleiben. Trotzdem hatte Dragos ihn an diesem Morgen von der Schule zuhause gelassen, damit sie sich von ihm verabschieden konnten.

„Keine unerwarteten Wachstumsschübe", sagte sie zu

ihm, als sie seine dunkelblonden Haare mit ihren Fingern kämmte und seinen Kragen glättete. „Und keine Übernachtungspartys, also frag erst gar nicht. Ich will jeden Tag mit dir skypen, damit du mir erzählen kannst, wie dein Tag war.“

„Ja, okay.“ Grinsend ging er vor ihrer liebevollen Fürsorge in Deckung. „Komm schon, Mom, hör auf damit. Ich bin schon ordentlich hergerichtet.“

„Na gut, ich höre auf. Ich liebe dich.“ Sie packte seine Schultern und zog ihn für eine Umarmung zu sich. Trotz seiner Beschwerden schlossen sich seine Arme bereitwillig um sie.

„Ich hab dich auch lieb“, murmelte er an ihre Schulter.

Öffentliche oder unverblümte Ausdrücke von Zärtlichkeit hatten begonnen, ihm peinlich zu werden, was sie verdammt hinreißend fand, denn er wollte zwar noch immer umarmt werden, aber er hatte angefangen, Umarmungen nur noch heimlich zu begehren. Sie drückte ihn fester, bevor sie ihn losließ.

„Wir werden über eine Überraschung für dich sprechen, wenn wir zurückkommen“, sagte Dragos zu ihm.

Der Welpe. Sie grinste. Bei allem, was passiert war, hatte sie das völlig vergessen.

Liam wurde munter. „Ach ja? Was ist es?“

„Wenn ich es dir sagen würde, wäre es keine Überraschung, oder?“ Lächelnd legte Dragos einen langen Arm um den Jungen und zog ihn für eine weitere Umarmung heran. „Sei brav. Und sei vorsichtig, draußen auf dem Feld.“

Bei diesen Worten wurde Liam etwas ernster. „Das werde ich“, versprach er.

Über den Sommer hatte Dragos eine Start und Landebahn in Auftrag gegeben, nur eine Meile von ihrem

Anwesen entfernt, also war die Fahrt zum Jet kurz, nachdem sie sich verabschiedet hatten.

Die Sicherheitsleute und Hausangestellten, die den D.C.-Trip absichern würden, waren bereits um etwa zehn Uhr abends am Vortag abgereist, erzählte ihr Dragos. Das schloss Eva mit ein, wohingegen Hugh zuhause bleiben würde, um sich um Liams Wohl zu kümmern.

Sie wackelte glücklich leicht in ihrem Sitz herum. Das bedeutete auch, dass sie die Kabine des Jets für sich alleine haben würden. Es lag also noch etwas intime Zeit vor ihnen.

Im Schnelldurchlauf stiegen sie ins Flugzeug. Die letzten Kontrollen vor dem Abflug waren bereits abgeschlossen, also starteten die Turbinen mit einem hohen, kraftvollen Getöse, sobald Andrew, einer der Piloten, das Gepäck in den Fächern verstaut und die Türe geschlossen hatte und ins Cockpit gestiegen war.

Pia verstaute ihre Handtasche in einem Schrank und warf sich auf eine der Couchen. Als das Flugzeug begann, die Startbahn hinunterzurollen, drehte Dragos sich zu ihr.

Der etwas gedrängte Gesichtsausdruck, den er in Anwesenheit anderer Menschen getragen hatte, war verschwunden. Er sah wieder wild aus und verkrampft.

Ihr Körper kannte diesen Blick. Alles, was er tun musste, war, sie so anzusehen und mit diesen zwei großen Händen nach ihr zu greifen, damit das Verlangen sie in einem flüssigen Schwall von Hitze durchströmte.

Entweder drückte sie die Beschleunigung des Flugzeuges oder Dragos' Begierde zurück in die ledernen Kissen. Bereitwillig versank sie darin, während er ihr die Klamotten vom Leib riss. Stoff riss – sie wusste nicht, was beschädigt worden war – sie müsste vielleicht einen ihrer Koffer herausholen, um sich etwas anderes zum Anziehen für später zu suchen …

Dann löste sich jeder vernünftige Gedanke in Luft auf. Nachdem er damit fertig war, sie ihrer Klamotten zu entledigen, zog er sich schnell aus. Das schräge Licht, dass durch die Fenster drang, streifte seinen kraftvollen Körper. Große Muskeln zeichneten sich unter dunkel gebräunter Haut ab, als er zwischen ihre Beine stieg. Der Hunger, der sie gepackt hatte, war unersättlich. Sie fuhr mit ihren Händen über das glatte dunkle Haar, das seine breite Brust bedeckte.

Als er sie fingerte und bereit vorfand, drang er ohne Vorspiel in sie ein. Nach Luft schnappend, warf sie ihren Kopf bei dem intimen Eindringen zurück. Tosender Lärm pulsierte überall um sie herum, begleitet von Dragos' tiefem animalischen Knurren, das in ihrem Oberkörper widerhallte.

Manchmal kannte sie sich selbst nicht mehr, wenn sie bei ihm war. Sie verlor so sehr die Kontrolle. Sie paarten sich wild miteinander. Die Couch war nicht groß genug für sie beide.

Einmal zog Dragos sie auf den Boden, sodass er ihre Knöchel weit auseinander halten konnte, als er sie fickte. Sie griff nach allem, was sie erreichen konnte, um sich auf den Angriff vorzubereiten, während das unerträglich intensive Vergnügen geradewegs in die Stratosphäre schoss, höher als der Flieger, bis sie in Wogen der Vervollständigung zerschellte.

Der Rest der Reise verschwand in einem leidenschaftlichen Nebel. Er nahm sie erneut, stehend und sich mit einer Hand an der Wand abstützend, während sie ihre Beine um seine Hüften schlang und sich festklammerte.

Dann veränderte sich der Luftdruck etwas, was bedeutete, dass sie sich in den Landeanflug begeben hatten. Die Stimme des Piloten drang über die Sprechanlage: „Ich wollte mich nur kurz melden, um Sie wissen zu lassen, dass wir in zwanzig

Minuten landen werden. Es ist ein wunderschöner Tag in D.C. und ungewöhnlich warm für Oktober, milde 26 Grad und sonnig. Es sieht so aus, als würden Sie diese Woche gutes Wetter bekommen."

Dragos hob seinen Kopf von ihrer Schulter. Sie waren beide verschwitzt und sein schwarzes Haar sah noch dunkler aus, wenn es feucht war.

Sie hatte den Tag damit begonnen zu verschlafen und jetzt hatte sie keine Kraft mehr in ihren Gliedmaßen. „Wir müssen in zwanzig Minuten vorzeigbar sein", wimmerte sie.

Seinen Kopf neigend, küsste er sie eilig. „Sie werden im Cockpit bleiben, bis ich ihnen sage, dass sie rauskommen können."

Das würde bedeuten, dass sie im Cockpit saßen und genau wussten, was sie und Dragos in der Kabine getan hatten.

Aber wem versuchte sie etwas vorzumachen? Der Geruch nach Sex tränkte die Kabinenluft. Selbst wenn sie sich beeilte, sobald die Piloten herauskamen, würden sie wissen, was passiert war.

Sie rieb ihr Gesicht. Ihre Haut fühlte sich von seinen Barthaaren rau an. „Na gut", murmelte sie. „Ich gehe zuerst duschen." Wenn sie irgendwo anders als im Flugzeug wären, würde sie vorschlagen, zusammen zu duschen, aber die Dusche, obwohl luxuriös für einen Jet, war zu klein, um sie beide auf einmal unterzubringen.

Er zog eine Augenbraue hoch. „Bist du dir dabei sicher? Du siehst nicht so aus, als wärst du fähig, dich zu bewegen."

Er klang äußerst zufrieden über diese Feststellung. Bah, Männer. Sie versuchte, ihn finster anzustarren. „Ja, ich bin mir sicher. Du bist schneller mit duschen fertig als ich. Ich habe mehr Haare als du, die gewaschen werden müssen. Außerdem wäre es mir lieber, wenn sie dich riechen und nicht mich, falls wir bei der Landung noch nicht fertig sind.“

Sein befriedigter Ausdruck verschwand und er starrte finster zurück. Offensichtlich gefiel ihm diese Vorstellung auch nicht, obwohl ihre Piloten ein verheiratetes Paar von männlichen Wyr-Raben waren und sowieso nicht an Pia interessiert wären. Der Drache war eine überaus eifersüchtige Kreatur.

Stehend nahm er sie auf seine Arme und trug sie nach hinten in das luxuriöse Badezimmer. Dann stellte er sie wieder auf die Füße und sagte zu ihr: „Ich werde deine Kleider holen. Beeile dich.“

Sie kicherte und stieg in die Kabine für ihre zweite Dusche an diesem Tag. Heißes Wasser lief schmerzlindernd über müde, ausgelaugte Muskeln, und obwohl sie dort stehen bleiben und es genießen wollte, zwang sie sich, sich schnell einzuseifen und abzuwaschen, damit Dragos die Dusche haben konnte, während sie sich anzog.

Der Jet senkte sich tiefer, als sie ihre Kleidung durchsah. Es war ihr Höschen gewesen, das gerissen war. Sie hatte nicht die Zeit, nach einem neuen zu wühlen, also stopfte sie es in den Abfalleimer und zog sich ohne eines an. Dann griff sie sich eine Reisehaarbürste aus dem Bestand von Toilettenartikeln in dem Badezimmer und fuhr damit durch ihr nasses, unbändiges Haar. Das musste reichen. Die Piloten würden natürlich trotzdem wissen, was passiert war, aber es würde sich nicht so entblößt anfühlen, als wenn sie es auf ihrer Haut riechen würden.

Als sie auf der Toilette saß, um sich ihre Sandalen überzuziehen, duschte sich Dragos innerhalb von zwei Minuten, zog sich schnell an und fuhr mit seinen langen Fingern durch sein nasses Haar. Dann gingen sie zusammen zurück in die Kabine und nahmen ihre Plätze ein, nur Sekunden, bevor das Flugzeug den Boden berührte.

Als sie stark bremsten, fühlte sie sich wieder unwohl, aber die letzten paar Stunden hatte sie ungewöhnlich viel Energie verbraucht. Sie war wund und müde und sie hatte nur eine Tasse Kaffee zum Frühstück getrunken.

Es war viel zu früh, um irgendwelche Auswirkungen einer möglichen Schwangerschaft zu bemerken. Die Übelkeit musste von leichter Reisekrankheit auf leeren Magen herrühren.

Trotzdem konnte sie sich nicht davon abhalten, eine Hand tief auf ihren flachen Bauch zu legen und sich auf ihr Inneres zu konzentrieren, um nach einem neuen kostbaren Funken Leben zu suchen.

Es gab keinen.

Sie wusste das. Sie *wusste* es besser, aber trotzdem zog sie eine bleierne Enttäuschung herunter.

Dragos' große, starke Hand legte sich über sie, wärmte sie. Er drückte sanft. Sie öffnete ihre Augen. Sie wusste nicht, was ihr Gesicht verriet, aber sein Gesichtsausdruck wurde milde. Er legte einen Arm um sie und sie lehnte sich an ihn und legte ihren Kopf auf seine Schulter, als das Flugzeug zu seinem Halteplatz rollte.

Die Kabinentür öffnete sich. Dragos' milder Gesichtsausdruck verschwand, als beide Piloten herauskamen. Ihre Gesichter waren höflich und reaktionslos und zeigten sagenhafte Diskretion. Als sein Gefährte Gepäckstücke aus den Ablagen zog, sagte Andrew fröhlich: „Willkommen in D.C. Ich hoffe, Sie haben einen angenehmen Aufenthalt."

„Guter Flug", sagte Dragos. „Für ein Flugzeug."

„Danke", sagte Andrew mit einem kurzen, verständnisvollen Grinsen.

Als Dragos aufstand, tat Pia es ihm gleich.

Ihre leichte Übelkeit wurde abrupt schlimmer.

„Entschuldigt mich", murmelte sie, flitzte zum hinteren Teil des Fliegers und ins Badezimmer und schlug die Tür zu.

Sie schaffte es gerade noch zur Toilette, bevor sie sich heftig übergab. Sie hielt sich am Sitz fest, während ihre Augen tränten und ihr Körper sich hob.

Was. Zur. Hölle.

„Pia." Dragos' scharfe Stimme drang von draußen herein. Die Tür klapperte. „Du hast zugesperrt. Was ist los?"

Er hasste zugesperrte Türen zwischen ihnen. Aber diesmal musste er damit klar kommen. Es gab Zeiten, in denen man einfach einmal einen oder zwei Momente für sich selbst brauchte, verdammt.

„Nichts", presste sie heraus. „Ich komme sofort."

Sie griff nach einem Taschentuch und wischte sich ihr feuchtes Gesicht ab, während sie abwartete, um zu sehen, ob sie schon fertig war.

Nach einem unsicheren Ruck sah es so aus, als würde ihr Magen sich beruhigen. Sie stellte sich mit wackligen Beinen auf die Füße, spülte und suchte erneut nach einem Funken von Leben.

Nichts. Natürlich nicht. Grimmig ihre Reflektion im Spiegel betrachtend, schüttelte sie den Kopf über ihre eigene Dummheit.

Die Tür klapperte. Dragos sagte telepathisch: *Wenn du die Tür nicht in den nächsten sechzig Sekunden öffnest, werde ich sie aufbrechen.*

Sie war ZWEI SEKUNDEN verschwunden und plötzlich war er völlig entschlossen, das Flugzeug zu zerlegen. Sie verdrehte die Augen.

Es gibt keinen Grund, die Tür aufzubrechen, sagte sie gereizt.

Ich hatte ein kleines bisschen Bauchprobleme und musste die Toilette benutzen. Ich mache nur noch sauber.

Alles davon war wahr, wenn auch etwas zweideutig. Sie wusch ihre Hände und ihr Gesicht und öffnete eine Reisepackung Mundwasser, um ihren Mund auszuspülen.

Das Klappern der Tür hörte auf.

„Okay", sagte Dragos. „Willst du deine Handtasche?"

Nachdem sie ihn etwas beruhigt hatte, klang er völlig mild und vernünftig. Ha! Sie hatte ihn viel zu gut kennengelernt und diese milde und vernünftige Stimme würde sie nicht noch einmal täuschen.

„Ja, bitte", sagte sie zu ihm.

Nun, da sich das Flugzeug auf der Rollbahn befand und sich nicht länger bewegte – und ihr Bauch komplett leer war – fühlte sie sich tatsächlich etwas besser.

Sie straffte ihre Schultern und öffnete die Badezimmertür. Dragos lehnte auf sie wartend an einem der Sitze. Er gab ihr die Tasche, während er seinen scharfen Blick über ihren Körper wandern ließ.

Sie seufzte. „Es ist keine große Sache. Das Einzige, was ich seit dem Mittagessen gestern zu mir genommen habe, war Kaffee."

„Wir werden das ändern, sobald wir die Wyr-Residenz erreichen." Sich aufrichtend nickte er den beiden wartenden Piloten in der Nähe der Vorderseite des Flugzeugs zu. „Ich wünsche euch eine gute Woche. Ich melde mich wieder, wenn wir eine Zeit für unsere Abreise beschlossen haben."

„Sehr wohl, Sir", sagte Andrew.

Die ziemlich schmähliche Ankunft entschlossen hinter sich lassend, folgte sie Dragos, als er den Gang hinunter spazierte und sie gingen von Bord in den sonnigen Tag hinein.

✧   ✧   ✧

EVA WARTETE, AN einen gepanzerten schwarzen Cadillac Escalade gelehnt, auf sie auf der Abholspur.

Da er es bevorzugte, selbst zu fahren, nahm Dragos die Schlüssel und setzte sich auf den Fahrersitz, während Pia sich auf dem Beifahrersitz niederließ und Eva nach hinten stieg.

Eigentlich hätte er bevorzugt, den starken Verkehr in D.C. gänzlich zu vermeiden und direkt zur Wyr-Residenz zu fliegen, aber es gab striktes Flugverbot über der Gegend, zu der sie wollten. Seine Tarnungsfähigkeit war hervorragend, aber er war sich nicht völlig sicher, was die menschlichen Sensoren von seiner Gegenwart wahrnehmen konnten.

Normale Radartechnologie konnte ihn nicht ausfindig machen, wenn er sich tarnte, aber er würde den Jahresgewinn von Cuelebre Enterprises darauf verwetten, dass die Menschen mehr als nur mechanische Sensoren hatten, um ihre Hauptstadt zu schützen. Wenn er ein Mensch wäre, der für den Schutz einer so wichtigen Stadt verantwortlich wäre, würde er von Geschwadern von Hexen Schutzzauber wie riesige, unsichtbare Spinnennetze über die Stadt legen lassen.

Jedenfalls war jetzt nicht die Zeit, um menschliche Gesetze zu brechen und alle mit etwas relativ Unwichtigem zu verärgern. Nicht, wenn die Menschheit aufgrund der von den Alten Völkern in den letzten zwei Jahren verursachten Schäden so nervös geworden war.

Die Alten Völker hatten viel magische Energie, am meisten auf der ganzen Welt. Aber Menschen hatten viel Macht einer anderen Art, im Hinblick auf bloße Bevölkerungszahl und militärische Stärke. Über die letzten paar Jahrhunderte hatte sich ihre Zahl vervielfacht, sodass ihre Präsenz praktisch die ganze Erde einnahm.

Weiterhin miteinander zu leben, war vermutlich das Beste

für alle Betroffenen. Wenn sie keine friedliche Koexistenz erreichen konnten …

Nun, dann würde die Welt ein ganzes Stück kälter und gemeiner werden. Die Möglichkeit beunruhigte ihn mehr, als er zugeben mochte.

Also drosselte er seine Ungeduld, legte den Gang ein und fuhr ruhig vom Bordstein weg in den Verkehr.

„Sag den Hausangestellten, sie sollen eine Mahlzeit vorbereiten, bis wir ankommen", sagte er über seine Schulter.

„Sofort", sagte Eva.

Er warf einen Blick in den Rückspiegel. Evas dunkler Kopf senkte sich, als sie eine Nachricht auf ihrem Handy tippte. Er lenkte seine Aufmerksamkeit auf Pia, die neugierig aus ihrem Fenster schaute. Sie war noch nie zuvor in D.C. gewesen und hoffte, etwas Zeit zu finden, um die berühmten Sehenswürdigkeiten anzuschauen.

Sah sie blasser aus als sonst? Sie trug kein Make-up. Stirnrunzelnd fragte er sie telepathisch: *Geht es dir gut?*

Sie drehte ihren Kopf, um ihn anzulächeln. *Reg dich nicht auf. Mir geht es gut.*

Aufregen? Er war niemand, der sich aufregte. Missmutig beschleunigte er aggressiv, um den Verkehr zu schneiden und zur Überholspur zu kommen. Nachdem er das Manöver beendet hatte, sagte er schnell: *Du siehst blass aus.*

Ich sehe immer blass aus. Sie legte eine schlanke Hand auf seinen Oberschenkel. Ihre leichte Berührung schaffte es, seine schlechte Laune zu beseitigen. Sie sagte laut: „Wie lange haben wir diesen Abend Zeit, bis wir zum Weißen Haus losfahren müssen?"

„Ein paar Stunden." Er blickte sie wieder an und bemerkte die dunklen Schatten unter ihren Augen. „Es ist genügend Zeit, um zu essen und du kannst auch noch ein

Nickerchen machen, bevor wir gehen."

Sie schüttelte ihren Kopf über ihn und schenkte ihm ein mit femininem Mitleid erfülltes Lächeln. „Oh nein, ich kann nicht. Ich war noch nie zuvor im Weißen Haus. Ich werde nicht einfach saubere Klamotten anziehen und mir mit den Fingern durch die Haare fahren, wie du es tust."

Einer seiner Mundwinkel hob sich. „Naja, irgendwann werde ich mich auch rasieren."

Ihre Augen tanzten. „Das werde ich auch. Dazu kommt noch das Make-up und ich werde mein Haar hochstecken, also muss ich Zeit für heiße Lockenwickler berücksichtigen."

Er liebte es, wenn sie ihr Haar in großen, dicken Locken hochsteckte, in einem Stil, der an den Chic der Sixties erinnerte. Es legte die elegante Linie ihres Halses frei, die er mit seinem Mund zu erkunden liebte.

Später, wenn es Zeit war, ihr Haar aufzumachen, würde er derjenige sein, der die kleine Arbeit erledigte, die Locken lose eine nach der anderen fallen zu lassen, während er ihren Nacken küssen und den Reißverschluss ihres Kleides öffnen würde.

Augenblicklich war er wieder hart und sehnte sich nach ihr. Es war kaum zu glauben, dass er sie gerade so viele Male im Flugzeug genommen hatte. Der Paarungsrausch war das einzige, was ihn jemals solange im Griff gehalten hat.

Falls es ein Gefängnis war, dann war es eines, das er nicht verlassen wollte. Er genoss es, dass seine Klauen sich unter seine Haut gruben, um ihn auf die Spitze zu bringen. Aber sie würden jetzt bis nach dem abendlichen Empfang keine Zeit mehr haben für eine weitere Runde Sex.

Den Drang zurückhaltend, atmete er in einem langen, ruhigen Atemzug aus.

Pias Finger festigten sich auf seinem Oberschenkel.

Entweder konnte sie die Paarungspheromone riechen oder sie hatte seinen Schritt begutachtet.

Er sah sie an. Ihr Blick war nach unten und seitwärts gerichtet. Sie *begutachtete* seinen Schritt und eine rosige Röte färbte ihre blassen Wangen. Sich auf die Lippe beißend, hob sie ihren Blick, um ihn anzusehen. Sie war genauso eine Gefangene des Paarungsrausches, wie er es war, und sie sah hilflos aus vor Verlangen.

Verdammt, ja!

Er liebte es, wenn sie hilflos war und um seine Berührung bettelte.

„Gott", murmelte Eva. „Es wird heiß hier drin." Sie ließ ihr Fenster herunter und frische Luft wirbelte ins Auto. „Den Göttern sei Dank, dass wir fast da sind."

Kurz darauf bog er auf die Massachusetts Avenue. Er blickte erneut zu Pia, als sie sich dem Abschnitt näherten, der als Embassy Row bekannt war, wo Botschaften, diplomatische und andere Vertretungen konzentriert waren.

Die Villen wurde größer, älter und prachtvoller und die Reihen der Stadthäuser wurden weitläufiger. Als er durch die Haupteinfahrt der Wyr-Villa fuhr, wanderten ihre Augen umher.

Sie flüsterte: „Das gehört uns?"

„Das gehört uns", sagte er. „Das ist die Wyr-Residenz in Washington seit 1895."

Als er unter dem Säulengang parkte, öffneten sich die Einfahrtstüren und zwei uniformierte Wyr kamen flott die Treppe herunter. Hinter ihnen schlossen sich leise die Tore.

Sie öffnete ihren Gurt, während sie sich streckte und zum Dach hochstarrte, als sie fragte: „Wie viele Zimmer gibt es?"

„Acht Schlafzimmer, zwölf Badezimmer, alle modernisiert", erklärte er ihr. „Speisesaal, Bibliothek, etc."

„Nebst einem sehr modernen Heimkino, Bowlingbahn und einem Weinkeller im Untergeschoss", fügte Eva hinzu. „Es gibt ein schwarzes schmiedeeisernes Geländer, das auf beiden Seiten einer Marmortreppe entlangläuft. Du solltest das Haus bei Nacht beleuchtet sehen. Ich habe letzte Nacht einen Spaziergang durch die Nachbarschaft gemacht. Es ist alles aus weißem Marmor und Licht. Sehr elegant."

Auf dem Grundstück gab es auch Tunnel, die mehrere Blocks weit unterirdisch in verschiedene Richtungen verliefen, bevor sie zu harmlos scheinenden Öffnungen führten – Abflussrinnen, den Gully-Schächten der Kanalisation und dergleichen.

Niemand würde die Wyr hier fangen. Im Falle eines Notfalls konnten jene, die nicht fliegen konnten, trotzdem entkommen. Er hatte es immer gerne, Notfallpläne zu erstellen, vor allem an Orten, die weniger als nett sein konnten.

Sobald das Auto aufgehört hatte, sich zu bewegen, stieg Eva aus, um die Wachen zum hinteren Teil des SUVs zu führen, wo sie das Gepäck herauszogen und hineintrugen.

Pia blinzelte Dragos an. „Du kommst fast nie hierher. Es muss ein höllischer Aufwand sein, das Grundstück instand zu halten."

Er nickte zustimmend. „Wenn ich hierherkomme, komme ich als eine Weltklasse-Macht. Washington tut gut daran, das nicht zu vergessen. Die Residenz zu behalten ist eine Maßnahme, um sie daran zu erinnern."

„Ich vermute, eines der Stadthäuser zu behalten, hätte nicht den gleichen Effekt, obwohl ich mir sicher bin, dass sie auf ihre eigene Weise ebenso eindrucksvoll sind."

„Außerdem würde ich niemals mit jemand anderem die Wände teilen. Das macht einen zu verwundbar." Er stieg aus dem Fahrzeug und sein scharfer, räuberischer Blick erforschte die Umgebung außerhalb des schwarzen Eisenzauns.

Er wusste, dass Wachen auf der Residenz stationiert waren, menschliche und andere. Er hatte sich vielleicht sorgfältig Verbündete unter den Menschen gewählt, aber er hatte keine wahren Freunde unter ihnen. Die Menschheit hütete sich genauso sehr vor dem Drachen wie vor jedem der Älteren Völker.

Als er die Gegend untersuchte, kehrten die Wachen zurück, um sicherzugehen, dass sie alles hineingetragen hatten. Einer der Wachen, ein großer, junger, gutaussehender Mann, bot Pia mit einem Lächeln seine Hand an.

Heftige Eifersucht schoss durch Dragos' Körper. Schnell bewegte er sich um die Vorderseite des Gefährts herum und entblößte seine Zähne, um den anderen Mann anzufauchen, bevor Pia eine Chance hatte, die ausgestreckten Finger zu fassen.

Die Wache wich zurück, wurde blass und Pias Gesichtsausdruck war reglos, als ihr Blick scharf und misstrauisch wurde. Sie hielt inne, einen schlanken Fuß in Sandalen bereits auf dem Pflaster.

Dragos atmete tief ein und kämpfte um Beherrschung. Ruhig sagte er zu der Wache: „Geh ins Haus."

Den Kopf beugend floh die Wache und ließ ihn und Pia sich ansehend zurück.

Endlich sagte er: „Du musst nichts sagen. Ich weiß, das war zu viel."

„Geht es dir gut?", fragte sie.

Ging es ihm gut? Sie hatte diese Frage mit vollem Ernst gestellt, also überlegte er. „Ich denke schon. Es ist nur – pass auf, im Augenblick keinem anderen Mann zu nahe zu kommen. Ich bin zu sehr im Paarungsrausch."

„Das verstehe ich", sagte sie leise. „Vielleicht hätten wir die Sachen etwas sorgfältiger bedenken und den Versuch, schwanger zu werden, verschieben sollen, bis die Woche um ist."

„Wir haben eine emotionale Entscheidung getroffen. Darin liegt nichts Falsches. Wir werden das hinkriegen. Ich werde mit Bayne reden, damit er die Angestellten vorwarnen kann und ich werde auf der Hut sein, wenn wir in der Öffentlichkeit sind."

Er beugte sich etwas, um ihr seine Hand zu reichen. „Willkommen in einem deiner Häuser, Lady Cuelebre."

Die Idee, dass sie Miteigentümer dieser prunkvollen Villa war, erschreckte sie offensichtlich, denn ihre Augen wurden noch größer: Doch sie schluckte hinunter, was auch immer sie gesagt hätte, und legte ihre Hand in seine.

Als er Pia beim Aussteigen aus dem Cadillac half und sich aufrichtete, überblickte er die Umgebung noch einmal.

Dann geleitete Dragos Cuelebre, Lord der Wyr, seine Gefährtin und Frau in seinen Washingtoner Wohnsitz.

Kapitel Vier

SOBALD SIE IN dem eleganten Foyer waren, sagte Pia zu Eva: „Ich will alles sehen.“

Dragos festigte seinen Griff um ihre Finger. „Du musst etwas essen.“

„Zehn Minuten“, sagte sie. „Ich will eine schnelle Führung. Ich werde gleich wieder zurück sein.“

Ihre Augen funkelten und Farbe war auf ihre Wangen zurückgekehrt, also ließ er sie widerwillig gehen. Als die beiden Frauen die Marmortreppe hinaufliefen, tauchte Bayne auf und schlich den Flur hinunter.

Als diensthabender Wächter für diese Woche war Bayne für alle Sicherheitsmaßnahmen verantwortlich. Statt seiner gewöhnlichen Jeans, T-Shirt und Stiefel, was die Standard-Garderobe für alle Wächter zu Hause in New York war, trug der Greif einen dunkelgrauen Anzug mit einem schwarzen Hemd und Krawatte. Das Outfit betonte seine breite, große Statur und sein kurzes, gelbbraunes Haar.

Dragos beäugte den anderen Mann kritisch von oben bis unten. Der großartige Schnitt des Anzugs versteckte seine Waffen perfekt. Bayne wäre für jeden der Empfänge passend gekleidet gewesen, bis auf die formellsten, für welche er einen schwarzen Smoking eingepackt hatte.

Als ihn der andere Mann erreichte, nickte Bayne ihm zur Begrüßung zu. „Einer meiner Wachen bat mich darum, mich bei dir in seinem Namen zu entschuldigen", sagte der Wächter, während er seine Hände in die Taschen seiner maßgeschneiderten Hose steckte. „Ziemlich überschwänglich, muss ich vielleicht hinzufügen. Also, es tut ihm wirklich, wirklich leid. Was hat er denn getan?"

Dragos atmete über seine Nasenlöcher in einem unhörbaren Fauchen aus. Das würde eine verdammt lange Woche werden. „Er hätte beinahe Pias Hand genommen, um ihr aus dem Auto zu helfen, und ich habe ihn angeschnauzt."

„Ich verstehe." Baynes Ton war neutral.

Er warf dem anderen Mann aus gesenkten Augenbrauen einen Blick zu. „Pia kann selbst aus einem verdammten Auto steigen. Sie braucht keine Männer, die über sich selbst stolpern, um sie zu berühren. Ich werde sie begleiten. Jedes Mal. Verstanden?"

Mit hochgezogenen Augenbrauen presste Bayne die Lippen zusammen und nickte. „Ja, ich habe verstanden. Ich spüre außerdem, dass es da vielleicht eine, äh, grundlegende Spannung gibt?"

Dragos schritt zum Speisesaal und der Wächter fasste neben ihm Tritt. Telepathisch sagte er: *Behandle das vertraulich. Wir versuchen, schwanger zu werden, und ja, es hat den Paarungsrausch zurückgebracht. Also stelle sicher, dass alle vorgewarnt sind.*

Bayne fing an zu grinsen. *Und ich hatte befürchtet, die Woche könnte langweilig werden. Ich werde jeden darauf vorbereiten, aufzupassen.*

Im Speisesaal waren an einem Ende des langen, glänzenden, antiken Mahagoni-Tisches zwei Plätze gedeckt.

Sie lebten ein sehr lockeres Leben außerhalb von New York. Selbst wenn sie in dem Penthouse im Cuelebre Tower in der Stadt wohnten, kochte Pia meistens selbst. Aber hier in D.C. war Auftreten alles. Er bemerkte zustimmend das glänzend polierte Tafelbesteck, das formelle Porzellan und die schweren cremefarbenen Leinenservietten.

Zwei uniformierte Angestellte waren dabei, Teller mit heißen Speisen aus der Küche zu bringen – Pasta mit sonnengetrockneten Tomaten und Knoblauch in Olivenöl, einen Grünkohl- und Artischocken-Salat, Schinken frisch vom Knochen geschnitten, Bratkartoffeln und grüne Bohnen mit etwas Buntem und Rotem garniert, vielleicht Paprikas.

„Deckt noch einen Platz am Tisch", befahl Dragos einer der Kellnerinnen. Sie nickte und ging zurück in die Küche. Er sagte zu Bayne: „Bleib und iss mit uns. Ich will alles darüber hören, was du getrieben hast und was du bisher gehört hast."

„Verstanden."

„Macht zwei Plätze daraus", sagte Pia vom Eingang aus zu der Bediensteten.

Sie und Eva betraten den Raum. Zuerst tat Pia so, als würde sie zu Bayne gehen, um ihn zu umarmen, etwas, was unter normalen Umständen völlig akzeptabel gewesen wäre, da sie gewöhnlich einen liebevollen Umgang mit allen Wächtern pflegte – aber Bayne machte einen flinken Schritt nach hinten und sie zuckte kurz, blieb stehen und änderte die Richtung, um eines der Gedecke zu holen.

Es hätte lächerlich unbehaglich werden können, aber um sensible Paarungsprobleme herumzutanzen, gehörte zum Leben der Wyr einfach dazu, sodass sich jeder problemlos anpasste. Innerhalb von ein paar Augenblicken saßen sie alle am Tisch und bedienten sich selbst von den silbernen Tabletts voller Speisen.

„Fast alle anderen Oberhäupter der Reiche sind bereits eingetroffen", sagte Bayne, während er Schinken auf seinen Teller häufte.

Alle Herrscher der Reiche in den Vereinigten Staaten

hatten sich verpflichtet zu kommen – Tatiana, die Königin der Hellen Fae aus Los Angeles; Ferion, der neue Hochlord der Elfen aus Charleston; Dragos, als Anführer der Wyr in New York, Isalynn, der Kopf des Hexenreiches aus Kentucky, Jered, das derzeitige Oberhaupt der Dämonenwesen aus Houston, und sogar Niniane, die Königin der Dunklen Fae aus Chicago, war gekommen, obwohl sie ihre Zeit meistens in Adriyel, dem Anderland der Dunklen Fae, verbrachte.

Dragos schüttelte den Kopf. Alle Reichs-Oberhäupter versammelten sich zur gleichen Zeit in D.C.. Das war noch nie zuvor passiert. Für jeden, der aufpasste, sagte das allein mehr als irgendetwas anderes darüber aus, wie ernst die Reiche die menschlichen Unruhen nahmen.

Er fragte: „Ist Julian gekommen?"

„Ähm nein, Julian ist nicht gekommen", antwortete Bayne. „Er besteht noch immer darauf, sich ein Jahr von der politischen Szene fernzuhalten, aber Xavier ist hier als Julians Regent und Vertreter der Nachtwesen. Soweit ich gehört habe, ist Isalynn auch irgendwann an diesem Nachmittag angekommen. Tric, Niniane und Tiago kamen letzte Nacht an. Eva und ich haben mit ihnen zu Abend gegessen."

„Wir haben eine riesige Menge Peperoni-Pizza bestellt", sagte Eva grinsend.

Pias müdes Gesicht erhellte sich vor Freude. „Ich freue mich sie zu treffen. Wie sind sie so?"

„Total in Ordnung", sagte Bayne zu ihr. „All die frische Luft und potenziellen Attentate in Adriyel tun Tiago gut. Und Niniane sieht glücklich aus. Nur, dass es mehr ist als das."

„Wie das?", fragte Dragos neugierig.

Bayne runzelte die Stirn. „Ich denke, ich will damit sagen, sie sieht sesshaft aus."

„Ich bin so froh, das zu hören." Pia lächelte.

Bayne nahm sich noch ein Stück Schinken. „Die nicht so guten Nachrichten – es sind Tausende von Menschen vor dem Weißen Haus und protestieren gegen den Gipfel. Es war überall in den Nachrichten. Es waren auch Gegenbewegungen dazu in den Nachrichten, mit ein paar Idioten auf der anderen Seite, die die menschlichen Demonstranten als engstirnige Fanatiker beschimpften." Der Wächter sah zu Pia. „Ich weiß, dass du dich darauf gefreut hast, etwas Sightseeing zu machen, wenn es die Zeit zulässt, aber ich würde das nicht empfehlen. Nicht auf dieser Reise."

Die Freude schwand aus Pias Gesicht und sie sah wieder müde und blass aus. Leise sagte sie: „Natürlich, das macht nichts."

Es machte ihr etwas aus. Alles, was das Lächeln aus ihrem Gesicht verschwinden ließ, war von Bedeutung. Wahrscheinlich würde nichts Gefährliches bei einem potenziellen Sightseeing-Ausflug passieren, aber es könnte ein paar Unannehmlichkeiten geben.

Dragos sagte zu ihr: „Zivile Unruhen gibt es ständig. Denk an die Sechziger und den Vietnam-Krieg. Wir kommen wieder, wenn sich die Lage beruhigt hat. Ich werde dich selbst zum Sightseeing mitnehmen."

„Das würde mir gefallen", sagte sie zu ihm. Plötzlich legte sie ihr Besteck beiseite. „Wenn ihr mich entschuldigt, ich werde mich für den Abend vorbereiten."

Er blickte auf ihren Teller. Sie hatte vielleicht gerade einmal die Hälfte ihrer Mahlzeit gegessen.

Eva stand ebenfalls auf. „Ich werde nachsehen, ob sie damit fertig sind, dein Kleid zu bügeln, und bringe es zu dir hoch, falls dem so ist."

„Danke." Pia trat heran, um Dragos einen Kuss auf die Stirn zu drücken. Telepathisch sagte sie zu ihm: *Ich habe gegessen, was ich wollte. Reg dich nicht auf.*

Ich rege mich nicht auf, verdammt, knurrte er.

Sie kicherte in seinem Kopf, als sie davonging. *Rede dir das ruhig weiter ein, mein Liebling.*

Er blickte finster auf ihren Teller, aber sagte kein Wort mehr.

✧　✧　✧

GLEICHMÄSSIG ATMEND STIEG Pia die prächtige Treppe auf wackligen Beinen hinauf.

Sie schaffte es zum Badezimmer in der Master Suite, bevor sie begann, sich zu übergeben. Zum Waschbecken rennend anstatt zur Toilette, weil es näher war, schaffte sie es gerade noch rechtzeitig, bevor ihr Körper damit kämpfte, alles loszuwerden, was sie gerade zu sich genommen hatte.

Als sie fertig war, ließ sie ihren Kopf keuchend hängen, während sie versuchte, nachzudenken.

Normalerweise bin ich so gesund wie ein Pferd.

(Ha. Pferd.)

Wieso musste ich mich ausgerecht jetzt übergeben? Das Timing kommt mir außergewöhnlich verdächtig vor.

Ihre Hand auf ihren Unterleib legend, schickte sie ihre Aufmerksamkeit wieder in ihren Körper. Dieses Mal war sie nicht abgelenkt von einem landenden Jet. Sie machte nicht nur eine oberflächliche Untersuchung, sondern ging tiefer, als sie es zuvor getan hatte.

Kein Funken Leben. Nicht einmal der kleinste Hinweis auf einen kleinen Funken.

Unwillkommene Tränen füllten ihre Augen. Es war dumm, so enttäuscht zu sein. Sie musste etwas emotionalen Ballast finden. Sie hatten noch kaum mit dem Versuch angefangen, schwanger zu werden. Realistisch gesehen könnte es eine ganze Weile dauern, bevor sie entweder schwanger wurden oder aufgaben.

Und sie war damit einverstanden, außer … wieso war sie plötzlich so zittrig und übergab sich?

„Ich darf nicht krank werden", flüsterte sie. „Nicht ausgerechnet jetzt. Diese Reise ist zu wichtig."

Ganz zu schweigen von der Frage, was sie krank machte. Sie bekam keine Erkältungen. Sie bekam selten, wenn überhaupt die Grippe und außerdem hatte die Grippezeit noch gar nicht angefangen. Es war viel wahrscheinlicher, dass sie sich etwas brach, als dass sie sich irgendeine Krankheit einfing.

Bei einem flüchtigen Blick aufs Waschbecken fing ihr Magen wieder zu taumeln an. Schnell machte sie den Wasserhahn auf, um das Becken auszuspülen, als sie Schritte im Schlafzimmer hörte.

Eva rief heraus: „Ich habe das Kleid."

„Super", sagte sie, während sie zusah, wie das Wasser die letzten Beweise wegspülte.

„Du klingst ja begeistert", sagte Eva trocken. Pia hatte keine Zeit, die Badezimmertür zu schließen, also tauchte Eva im offenen Eingang auf. Sie runzelte die Stirn. „Was ist los?"

Sich vom Becken aufrichtend, wischte sich Pia den Mund ab, als sie antwortete: „Was veranlasst dich zu denken, dass etwas nicht in Ordnung wäre?"

Evas dunkler Blick verengte sich. „Weil du scheiße aussiehst."

Eva war ihr völlig zugetan und absolut loyal, außer in einer Angelegenheit, wie Pia wusste. Wenn Eva dachte, dass etwas mit Pia nicht stimmte, würde sie Dragos sofort darauf hinweisen, egal was Pia dazu vielleicht zu sagen hatte.

Und wenn Dragos auch nur für eine Sekunde dachte, dass

etwas nicht stimmte, würde er überreagieren.

Er würde den Gipfel hinschmeißen und sie höchstpersönlich zurück nach New York zu einer ganzen Herde Wyr-Doktoren fliegen.

Aber trotz dem, was Dragos über die zivilen Unruhen gesagt hatte, war der Gipfel zu wichtig, um ihn zu versäumen. Leute protestierten gegen alles Mögliche, jedoch war dieses Problem zu der U.S.-Regierung durchgesickert. Abgeordnete waren erschüttert und das würde die schlimmste Art von Problemen bedeuten, wenn sie die Beziehungen nicht reparieren konnten.

Pia war sich nicht ganz sicher, was diese schlimmste Art von Problemen sein würde. Ihre Fantasie reichte nicht aus, sich etwas vorzustellen, was schrecklich genug schien, aber sie wusste, dass die Spaltung im ganzen Land und auf der ganzen Welt zu spüren sein würde.

Was waren ein oder zwei Übelkeitsanfälle im Vergleich zu so etwas?

Also log sie. Nun ja, sie führte Eva in eine falsche Richtung.

„Ich war die ganze Nacht auf und hatte verrückten Sex", sagte sie, während sie sich von Evas zu scharfem Blick abwandte, um ins Schlafzimmer zu gehen und nach ihrer Tasche zu suchen. „Natürlich sehe ich scheiße aus. Das ist der Grund, weshalb ich mir zehn Pfund Make-up ins Gesicht klatschen werde, nachdem ich geduscht habe."

Eva zuckte mit den Schultern. „Okay. Brauchst du noch was anderes?"

„Nein danke, du kannst dich jetzt fertig machen gehen." Da Dragos im Moment so empfindlich war, war Eva nicht nur Pias wichtigster Bodyguard, sondern vermutlich ihr einziger für diese Woche.

„Ich treffe dich dann unten."

Als Eva ging, zog sie die Tür hinter sich zu und Pia war endlich alleine. Sie fand ihre Tasche auf dem Tisch vor, hinter einer großen Vase versteckt, die mit lila Schwertlilien und gelben Rosen gefüllt war, und zog die Schmuckschatulle mit dem Diamantanhänger heraus.

Sie hatte keine Zeit, krank zu sein, aber glücklicherweise hatte sie etwas, was sie vorerst dagegen tun konnte. Wenn sie sich später immer noch übergeben musste, würde sie nächste Woche zu einem Arzt gehen, wenn sie nach Hause kamen.

Sobald sie die Kette an ihren Platz um ihren Hals gelegt hatte, fühlte sie sich besser, ruhiger. Das wird gehen.

Mit neuer Frische ging sie zurück ins Badezimmer. Jetzt war es Zeit loszulegen.

Bis Dragos ins Schlafzimmer kam, war sie geduscht, hatte ihre Haare geföhnt und in heiße Lockenwickler gesteckt und saß in einem königsblauen Bademantel an einem Schminktisch und trug die notwendigen zehn Pfund Make-up auf.

Er ging zu ihr hinüber, hakte einen Finger in den Ausschnitt ihres Bademantels und zog ihn weg, sodass er ihre nackte Schulter küssen konnte. Bei der Berührung seines warmen, prallen Mundes auf ihrer Haut lief ihr ein Schauer des Vergnügens den Rücken hinunter und sie lehnte sich mit einem heiseren Murmeln zurück an seine Oberschenkel. Sie musste sich bewusst anstrengen, sich daran zu erinnern, die Wimperntusche festzuhalten, als er ihre Brüste in seine Hände nahm.

„Wir haben keine Zeit dafür", sagte sie zu ihm.

„Ich weiß", murmelte er und massierte sie durch die dünne Seide. „Ich konnte es einfach nicht lassen, dich zu berühren." Er wurde ruhig. Dann ließen seine Hände von ihren Brüsten ab, um den Diamantanhänger zu berühren, als sein goldener Blick ihren im Spiegel traf.

„Nein, bin ich nicht", antwortete sie ihm auf seine nicht gestellte Frage. „Ich trage ihn als Vorsichtsmaßnahme. Du weißt schon, nur für den Fall. Ich will mich diese Woche nicht unerwartet auf jemand Wichtigen übergeben. Außerdem ist er hübsch."

Sein harter Mund zog sich zu einem langsamen, sexy Lächeln hinauf. Er berührte den Diamanten dort, wo er über der Kuhle ihrer Brüste hing. „Er ist wirklich hübsch. Und er ruht an einem meiner Lieblingsorte auf der ganzen Welt. Ich freue mich darauf, ihn dir später am Abend abzunehmen."

Sie freute sich auch darauf, ihn später abzulegen, aber aus einem völlig anderen Grund. Bis dahin war der merkwürdige Anfall von Übelkeit hoffentlich vorbei und sie wäre wieder normal.

Vorsichtig, um weder ihre sich lockenden Haare noch ihr Make-up zu ruinieren, drehte sie ihren Kopf, um einen Kuss auf seinen Unterarm zu drücken. Seine Hand wanderte nach oben, um die Linie ihres Halses zu streicheln. „Was wirst du am Abend tragen?"

„Ich habe mich für ultrachic entschieden", sagte sie. „Also werde ich das schwarze Etuikleid von Dior tragen."

„Perfekt." Er lächelte. „Ich werde mich mal lieber duschen und rasieren und wir werden in einer halben Stunde aufbrechen. Ist das genug Zeit für dich, um dich herzu- richten?"

„Absolut. Alles, was ich tun muss, ist, die Lockenwickler rauszunehmen, mein Haar hochzustecken und in das Kleid zu schlüpfen." Sie wandte ihre Aufmerksamkeit zurück auf ihr Spiegelbild und nahm ihren Lippenstift. Während sie mit ihren Lippen ein *O* formte, sagte sie: „Oh, und das hier noch."

Er murmelte: „Du siehst zum Anbeißen aus."

„Untersteh dich", warnte sie ihn. „Du würdest alles ruinieren und ich habe nicht die Zeit, das Ganze nochmal zu machen."

Lachend entledigte er sich seiner Kleidung. „Oh, ich wage es. Ich werde dich einfach später vernaschen."

Nackt ging er ins Bad und sie musste kurz innehalten, um seinen starken und geschmeidigen Körper zu bewundern. Seine sehnigen, großen Muskeln zeichneten sich unter dunkel gebräunter Haut ab. Egal ob in seiner menschlichen Form oder als Drache, er war der prächtigste Mann, den sie jemals gesehen hatte.

Sie hob ihre Stimme. „Ich dachte, das solltest du wissen. Du machst mich so verdammt glücklich. Vor allem, wenn du nackt herumläufst.

Sein Lachen ertönte. „Du machst mich auch verdammt glücklich, Liebste."

Das Geräusch der Dusche ertönte und erst dann konnte sie sich wieder dem zuwenden, was sie gerade getan hatte.

Sie überprüfte ihr Make-up dreimal auf irgendwelche Makel. Zu dem Zeitpunkt, als sie in ihr bodenlanges, trägerloses Kleid geschlüpft und ihre High-Heels von Prada angezogen hatte, summte Dragos' elektrischer Reiserasierer im Badezimmer. Schnell nahm sie die heißen Lockenwickler heraus und fuhr mit ihren Fingern durch ihr Haar. Große glänzende Locken fielen über ihre nackten Schultern.

Das Summen seines Rasierers hörte auf. Sie schaute über ihre Schulter und fand ihn erstarrt ihm Türstock stehen. Außer einem Handtuch, das um seine Hüften geschlungen war, war er noch immer nackt und er starrte sie mit einem so rohen Hunger an, dass es ihre Haut verbrannte.

„Ich denke, ich habe meine Meinung geändert. Ich lasse mein Haar heute offen." Ihren Kopf neigend, warf sie ihm ein kleines Lächeln zu. „Unsere halbe Stunde ist beinahe vorüber. Solltest du dich nicht beeilen?"

Sein scharfes Einatmen war durch den ganzen Raum zu hören. Sie lachte. Zurücktretend schlug er die Badezimmertür zu.

Als er fünf Minuten später wieder heraustrat, war er komplett gekleidet. Den letzten diamantbesetzten Ohrring an ihrem Ohr befestigend, drehte sie sich vom Schminkspiegel weg und verlor die Fähigkeit zu atmen.

Sie konnte sich an die tägliche Realität, wie er sie beeinflusste, beinahe gewöhnen – beinahe – bis sie ihn so sah, seinen gewaltigen, starken Körper in einen strengen, eleganten schwarzen Smoking gekleidet. Die formelle Kleidung ließ ihn überhaupt nicht gezähmt aussehen. Wenn überhaupt, hob sie seine attraktiven, brutalen Gesichtszüge, rabenschwarzen Haare und stechend goldenen Augen noch hervor, während das reinweiße Hemd seine dunkel gebräunte Haut betonte.

Sein schwaches Knurren erreichte sie quer durch den Raum. „Sieh' mich nicht so an, oder wir kommen heute Abend wirklich nicht mehr vor die Tür."

Sie riss sich los und hob ihre mit Perlen besetzte schwarze Clutch auf. Wie ein unbeholfenes Baby mit zu langen Beinen, fühlte sie sich nicht all ihrer Gliedmaßen mächtig. „Also", murmelte sie. „Raus aus der Tür."

Leises maskulines Lachen geisterte durch ihren Kopf. Er schritt zur Tür und hielt sie für sie auf. Irgendwie schaffte sie es, aus dem Schlafzimmer zu gehen.

Drei Minuten vor Ablauf der halben Stunde, die Dragos ihr gegeben hatte, waren sie unten. Bayne und Eva warteten in der Eingangshalle auf sie. Bayne trug ebenfalls einen Smoking, seine Abendkleidung steigerte sein wildes gutes Aussehen, während Eva ein seidenes graues Chanel Kostüm trug.

„Ich denke immer noch, dass du das rote Kleid hättest anziehen sollen", sagte Pia zu ihr. „Du siehst umwerfend aus in Rot."

Die andere Frau schüttelte grinsend ihren Kopf. „Nicht, wenn ich im Dienst bin. Die Absätze, die zu dem roten Kleid passen, sind die Hölle, um darin zu laufen."

„Bereit?", fragte Bayne Dragos.

Dragos nickte und die vier gingen hinaus, wo zwei schwarze SUVs und eine Limousine warteten. Die Sicherheitsmannschaft fuhr in den SUVs vor und hinter ihnen, während Bayne und Eva mit Dragos und Pia hinten in der Limousine Platz nahmen.

Zuerst blieb ihr Gespräch unbeschwert. Dragos nahm ihre Hand und fädelte seine langen, dunklen Finger durch ihre, während Bayne und Eva sich mit freundlichem Geplänkel beschäftigten.

Als Pia ihnen mit einem Lächeln zuhörte, kratzte sie sich geistesabwesend an ihrem rechten Oberschenkel. Sie hatte sich nach ihrer Dusche nicht die Zeit genommen, sich mit Bodylotion einzucremen und ihre Haut fühlte sich trocken und juckend an.

Das Geplänkel verstummte und Bayne und Eva wurden still, als sie sich dem Weißen Haus näherten.

Demonstranten säumten mit Schildern die Straße und schrien die vorbeifahrenden Konvois an. Pia beobachtete die vorbeirollenden Gesichter. Die gepanzerte Limousine hemmte die Geräusche, sodass sie nicht hören konnte, was die Demonstranten schrien, aber ihre Gesichtsausdrücke waren wütend und verzerrt.

Beunruhigt und erneut ihren juckenden Oberschenkel kratzend, blickte sie zu Dragos. Er hatte einen unergründlichen Gesichtsausdruck aufgesetzt, und seine goldenen

Augen waren matt und eisern, als er die Demonstranten beobachtete. Es war einer der gefährlichsten Gesichtsausdrücke.

Was dachte er, wenn er in die Menge blickte? Mit einem Flug über ihren Köpfen hinweg und einem Regen aus Drachenfeuer könnte er so leicht jeden von ihnen vernichten.

Das würde natürlich bedeuten, dass er auch die gesamte Lebensart der Wyr zerstören würde.

Sie summte in seinem Kopf: *Liebling, ich bin so stolz auf dich, dass du niemanden getötet hast.*

Sein Blick funkelte zu ihrem und dieser matte, abschätzige Gesichtsausdruck verschwand, als er lachte. Ihre Finger drückend, sagte er zu ihr: *Die Woche ist noch nicht vorüber.*

Etwas ernster fragte sie: *Was denkst du braucht es, um die Wogen zu glätten?*

Sein sexy Mund verdrehte sich zynisch. *Geld, geschäftliche und politische Einigung, das Versprechen auf weniger Gewalt durch die Alten Völkern und ganz viel Charme. Andere Leute, so wie du, werden den Charme beisteuern müssen.*

Sie nickte, nicht überrascht vom letzten Teil. *Wenn von mir erwartet wird, dass ich mit jemandem tanze, wirst du deine Wut bändigen müssen. Kannst du das?*

Das Lachen verließ sein Gesicht und er warf ihr einen sauren Blick zu. *Ich werde das hinkriegen. Zum Glück sind die meisten menschlichen männlichen Politiker alte, hässliche, lügende Arschlöcher. Die sind so gar nicht dein Typ.*

Jetzt war sie an der Reihe, in Gelächter auszubrechen. *Naja, du bist alt und du lügst besser als alle, die ich kenne.*

Seine Augenlider senkten sich. *Das kann schon sein, aber du denkst nicht, dass ich ein hässliches Arschloch bin.*

Das ist wahr. Sie lachte lauter. Er mochte sich aus Notwendigkeit mit Politik befassen, aber in seinem Innersten war Dragos viel zu unverschämt, um einen großartigen Politiker abzugeben. Seine wahren Fähigkeiten lagen im Mordgeschäft.

Und im Krieg. Er war beunruhigend gut darin, Kriege zu führen.

Dieser Gedanke ließ sie schnell ernüchtern. Noch immer abwesend an ihrem Oberschenkel reibend, sah sie erneut aus dem Fenster, als sie die Sicherheitstore passierten und sich dem Weißen Haus näherten.

Als die Limousine sanft zum Stehen kam, stiegen Bayne und Eva zuerst aus, danach Dragos.

Blitzlichter leuchteten in der Nähe auf und blendeten sie, als sie Dragos Hand nahm und aus dem Fahrzeug stieg. Sie schaute an dem berühmten, eindrucksvollen Gebäude hoch. Zuerst hatte sie gedacht, sie würde den Abend nervös angehen, aber zu ihrer Überraschung legte sich ein Anflug von gefasster Vorfreude über sie.

Zeit, sich mit den alten, hässlichen, lügenden Arschlöchern gutzustellen.

Sie warf Dragos von der Seite einen lachenden Blick zu, hakte ihren Arm in die Biegung seines Ellbogens und ging mit ihm in das Gebäude.

Kapitel Fünf

DER EMPFANG IM Weißen Haus war eine große, aufwendige Angelegenheit. Dessen Zweck war anscheinend, allen Senatoren und Abgeordneten die Möglichkeit zu geben, mit den sieben Herrschern der Reiche in Kontakt zu kommen, um das Eis für die Tagungen dieser Woche zu brechen und dabei zu helfen, interrassische Spannungen aufzulösen.

Dragos hatte noch nie jemandem erzählt, was in seinem Kopf vorging, wenn er an solch großen Treffen teilnahm, nicht einmal Pia.

Der Drache tauchte auf, um aus seinen menschlich erscheinenden Augen zu blicken.

Seht euch all diese zerbrechlichen Menschen an, prachtvoll gekleidet und mit einer Wahrnehmung ihrer eigenen Wichtigkeit bewaffnet. Er nahm Kenntnis von den funkelnden Schmuckstücken, die die Frauen trugen, vom Schlagen der Pulse an weichen, verletzlichen Hälsen und von der Art, wie sich Augen abwandten, sobald sie seine trafen.

Der Präsident und die First Lady begrüßten sie mit freundlichem Lächeln. Schweigend neigte Dragos seinen Kopf, wenn mit ihm gesprochen wurde, während der Drache sich dachte: Ich mache bei ihren Spielchen nur mit, weil ich Lust dazu habe.

Präsident Ben Johnson war ein kühner, athletisch

aussehender Mann Anfang Sechzig und allgemein als charmanter, selbstsicherer und intelligenter Mann anerkannt. Doch wenn er sprach, war alles, was der Drache hören konnte, das Meckern eines Schafes. Seine Gefährtin reagierte mit einer kurzen Antwort und der Präsident und die First Lady lächelten sie an.

Nachdem die Nettigkeiten ausgetauscht waren, gingen der Drache und seine Gefährtin weiter, um andere Würdenträger zu begrüßen. Schwache, aufgeblasene Beute.

Sie standen von Angesicht zu Angesicht mit einem Feind – der Vizepräsidentin der Vereinigten Staaten Sarah Colton – und ihrem Mann, Victor. Die Vizepräsidentin war viel jünger als der Präsident. Als Absolventin der Jurafakultät von Yale war sie eine kluge, gepflegte Brünette in ihren frühen Vierzigern mit einem photogenen Lächeln.

Dragos flüsterte in Pias Kopf: *Vizepräsidentin Colton ist eine der Verantwortlichen, die viel dazu beigetragen haben, die schlechte Stimmung gegen die Alten Völker im Kongress zu schüren. Zusammen mit Senator Jackson hat sie die Einrichtung des Bundesunterausschusses angeführt, welcher die angeblichen Machtmissbräuche der Alten Völker untersucht.*

Pias Lächeln veränderte sich nicht. Sie hatte sich an ihren inneren Dialog bei solchen Veranstaltungen gewöhnt. *Senator Jackson – er hat seinen Sohn vor ein paar Monaten bei einem Bootsunglück verloren, oder? Ich kann mich daran erinnern, dass überall über die Nachricht von seinem Tod berichtet wurde.*

Ja.

Diesmal wurden keine höflichen Floskeln, egal wie unaufrichtig, ausgetauscht. Weder die Vizepräsidentin noch ihr Ehemann boten an, ihnen die Hände zu schütteln. Dragos ließ sich ebenfalls nicht dazu herab, ihnen seine anzubieten, und mit einem kurzen seitlichen Blick zu ihm folgte Pia seinem Beispiel und blieb unnahbar und gefasst.

„Mr. Cuelebre", sagte die Vizepräsidentin, wobei sie ihn mit frostigen Augen beobachtete.

Es war offensichtlich als Beleidigung gedacht. Die korrekte Anrede lautete Lord Cuelebre. Der Drache lachte beinahe über solche Billigkeit, aber das könnte das Zeigen von zu vielen Zähnen bedeuten. Und wenn er das tat, glaubte er nicht, dem Drang widerstehen zu können, nach der Luft vor ihr zu beißen.

Stattdessen setzte er absichtlich den Ehrentitel der Vizepräsidentin herab, indem er antwortete: „Mrs. Colton."

Als er sprach, atmete er instinktiv ein, um den Geruch seiner Feinde aufzunehmen … aber er konnte weder von ihr noch von ihrem Ehemann einen Duft wahrnehmen.

Überhaupt keinen Duft.

Stattdessen roch er nur einen schwachen chemischen Gestank.

Die Erkenntnis raste durch seine Venen. Die Vizepräsidentin und ihr Mann hatten sich beide mit Geruchsbeseitiger eingesprüht.

Hirschjäger nutzten diese Art Spray, um ihren Geruch zu verbergen. Genau wie kriminelle Wyr.

Dieses Mal zeigte der Drache viel zu viele Zähne. Er legte seine Hand über die von Pia, welche in seiner Armbeuge ruhte und festigte seinen Griff so sehr, dass er ihr stilles Einatmen eher fühlte als hörte.

Er sagte zu den Menschen: „Ich freue mich darauf, sie morgen bei mir zum Abendessen zu haben."

„Wir werden da sein." Die Vizepräsidentin neigte schroff ihren Kopf als Zeichen ihrer Kenntnisnahme.

Ihr Verhalten zeigte deutlich, dass sie da sein würden, weil sie keine andere Wahl hatten. Als er Pia von dem anderen

Paar wegdrehte, wackelte sie protestierend mit ihren Fingern unter der Kraft seines eisernen Griffes.

Du freust dich darauf, „sie zum Abendessen zu haben"? fragte sie still und warf ihm einen tadelnden Blick zu. *Wirklich Dragos, du versuchst es nicht einmal.* Sie hielt inne, um in seinem Gesichtsausdruck zu lesen. *Was ist los?*

Konntest du ihren Geruch ausmachen? sagte er.

Nein, ich – Sie verharrte nachdenklich und ihre Augenbrauen zogen sich zusammen. *Nein. Überhaupt nicht.*

Das liegt daran, dass sie ihn verborgen haben. Er blickte in ihr verwirrtes Gesicht hinunter und erklärte: *Menschliche Jäger verbergen ihren Duft, wenn sie Beute jagen. Und kriminelle Wyr verbergen ihren Duft, um Entdeckung zu vermeiden.*

Ihre Verwirrung verdunkelte sich in Ratlosigkeit. *Das ist … wieso sollten sie das tun?*

Das ist eine sehr gute Frage und eine, die ich gerne beantwortet hätte. Er wechselte den geistigen Sender und hielt nach Bayne Ausschau. Der Wächter stand ein paar Meter entfernt und sprach mit Eva. Dragos sagte zu ihm: *Die Vizepräsidentin und ihr Ehemann verbergen ihren Duft. Ich will wissen, wieso. Und ich will wissen, ob noch jemand anwesend ist, der das Gleiche tut.*

Außer einem kurzen Flimmern in seinen harten nussbraunen Augen veränderte sich der Gesichtsausdruck des Wächters nicht. Gelassen sagte Bayne. *Wird erledigt.*

Da das Weiße Haus vom Secret Service beschützt wurde, lautete das Protokoll für die Feier des Abends, dass persönliche Sicherheitskräfte auf zwei begrenzt waren, eine für jeden Würdenträger, was bedeutete, dass Baynes investigativen Einsatzmöglichkeiten beschränkt waren.

Nimm Eva mit, sagte Dragos. *Ich bleibe bei Pia.*

Verstanden, sagte Bayne. Der Wächter berührte Evas Arm und die beiden gingen davon und verschwanden in der

Menge.

Pia rieb ihren Oberschenkel, während sie ihren Blick über die Menge schweifen ließ. Mit einer leisen Stimme, die nur für seine Ohren gedacht war, sagte sie: „Plötzlich habe ich keine Lust mehr, freundlich zu sein oder mit jemandem zu tanzen."

Abgelenkt von größeren Fragen runzelte er die Stirn, als er an ihrem Bein hinuntersah. „Wieso reibst du dich dauernd so?"

„Du musst es nicht so schmutzig klingen lassen." Sie starrte zu ihm zurück. „Mein Bein juckt. Musst du jede kleine Sache vermerken, die ich tue? Ich meine wirklich jede winzigste Kleinigkeit, Dragos."

„Ja", sagte er lediglich. „Wenn ich dich ansehe, selbst wenn alles den Bach runtergeht, ist irgendwie alles in Ordnung."

„*Ooh.*" Ihr missmutiger Blick schmolz zu warmer Zuneigung. Sie trat näher, um einen Arm um seine Taille zu legen und sich an ihn zu lehnen. Ein Mundwinkel hob sich. „Auch wenn du dabei bist, mich wegen irgendetwas zu nerven, schaffst du es trotzdem irgendwie, das Richtige zu sagen und mich sofort wieder umzustimmen."

Er legte einen Arm um sie und umarmte sie kurz, als er seinen Mund auf ihre Stirn drückte. „Das ist, weil du mich liebst und es ohnehin hasst, genervt von mir zu sein."

„Stimmt …" Dann konzentrierte sie sich auf etwas hinter ihm und ihr Gesichtsausdruck verwandelte sich in solch große Freude, dass er sich nicht umdrehen musste, um zu wissen, wer hinter ihm stand. „Niniane!"

Pia wand sich unter seinem Arm heraus und sauste weg. Er machte kehrt, um sie dabei zu beobachten, wie sie ihre Arme um eine kleine, kurvige Dunkle Fae warf. Niniane, oder „Tricks", der Namen unter dem sie bekannt war, als sie inmitten der Wyr in New York gelebt hatte, warf mit einem begeisterten Quietschen ihre Arme um Pia.

Bevor Dragos ihren Onkel Urien getötet hatte, welcher ihre Familie ermordet und den Thron der Dunklen Fae an sich gerissen hatte, hatte Niniane Zuflucht am Hof der Wyr gesucht und unter Dragos' Schutz gelebt.

Damals hatte sie zu sehr hohen Absätzen, funkelnden Pailletten, Marabufedern und anderen Arten von femininen Sachen geneigt, aber er erkannte, dass ihr Geschmack etwas erwachsener geworden war, seit sie den Thron der Dunklen Fae bestiegen hatte, zumindest in der Öffentlichkeit.

Heute Abend trug sie ein reich besticktes traditionelles Gewand der Dunklen Fae in zarten Nuancen – eine lange, hochgeschnittene Tunika über einer schmalen Hose. Sie hatte außerdem ihr schwarzes Haar länger wachsen lassen und trug es in einem eleganten Dutt, der lange, spitze Ohren freilegte und ihre großen dunkelgrauen Augen betonte. Ihre elegante Frisur schmückte ein dünnes Diadem aus funkelnden Saphiren und sie sah ganz wie eine königliche Dunkle Fae im Taschenformat aus.

Er war sehr erfreut. Tricks sah in der Tat aus, als würde sie aufblühen. Zum ersten Mal seit Betreten des Weißen Hauses lächelte Dragos ehrlich. Er lenkte seine Aufmerksamkeit von den sich umarmenden Frauen zu dem riesigen männlichen Wyr, der gleich hinter ihnen stand. Tiago trug ebenfalls ein traditionelles Gewand der Dunklen Fae, nur dass sein Outfit komplett schwarz war.

Bayne hatte recht, dachte Dragos vergnügt. All die frische Luft und die Aussicht auf politische Attentate schienen Tiago äußerst gut zu tun. Er sah gleichzeitig entspannt und tödlich aus und seine dunkle Haut strahlte vor guter Gesundheit und Sonnenschein.

Einst einer von Dragos sieben Wächtern, hatte sich Tiago mit Niniane gepaart und ging mit ihr, um im Dunklen-Fae-Anderland Adriyel zu leben.

Als die Erde entstanden war, hatten sich Zeit und Raum gekrümmt und Anderländer geformt, die durch dimensionale Korridore mit der Erde und manchmal auch miteinander verbunden waren. Sie waren magiereiche Orte, an denen entflammbare Technologie nicht funktionierte und die Zeit anders verlief.

Manchmal waren die Anderländer riesig, so wie Adriyel, und hatten mehrere Überführungen zu anderen Orten. Manchmal waren die Anderländer nur Raumfalten, die nirgends hinführten. Adriyel hatte eine erhebliche Zeitverzögerung zum Rest der Erde, sodass Besuche von Niniane und Tiago selten waren.

Weil Tiago ein Wächter der Wyr gewesen war und sie die Königin der Dunklen Fae geworden war, konnten sie laut den Gesetzen der Dunklen Fae niemals heiraten, aber das hatte keiner der beiden als Hindernis für ihr Glück angesehen. Tiago lebte als ihr Sicherheitschef an ihrem Hof.

Im Angesicht von Dragos' Freunden zog sich die wilde innere Stimme des Drachen in den Schatten zurück. Freudig ging er auf Tiago zu und ergriff dessen Hand. „Du siehst gut aus."

„Du auch", sagte Tiago und schaute ihn mit einem zustimmenden Blick an. Er drehte sich um, um den großen, überfüllten Ballsaal zu inspizieren. „Gute Arbeit, dass du niemanden getötet hast."

„Das hat Pia auch schon gesagt", sagte ihm Dragos. „Aber die Nacht ist noch nicht vorbei."

„Ich liebe es irgendwie mehr, als ich mir je gedacht hätte, vor allem, weil ich so schlechte Erinnerungen an damals habe, als meine Familie getötet wurde", sagte Niniane gerade zu Pia. „Aber ich komme nicht darüber hinweg, Junkfood zu vermissen. Ich lasse es mir den ganzen Weg nach Adriyel schicken. Reese's Peanut Butter Cups. Doritos. Skittles und, oh meine Götter, Hostess Ho Hos. Aber leider kann man einfach keine frisch gebackene Peperoni-Pizza verschicken. Ich fresse mich damit voll, seit wir angekommen sind."

Dragos traf Tiagos schwarzen Blick. „Du schickst Hostess Ho Hos nach Adriyel?"

„Sie sind sehr wichtig", sagte Tiago teilnahmslos. „Tatsächlich sind sie ziemlich zur Hof-Mode in den Dunklen-Fae-Zirkeln geworden. Ein einziger Ho Ho ist jetzt zwanzig Dunkle-Fae-Dublonen wert. Wir machen einen Riesengewinn."

Dragos brach in bellendes Gelächter aus, was ihn überraschte. Pia loslassend, drehte sich Niniane zu ihm, um ihre Arme um ihn zu werfen. „Dragos! Es ist so, so, so schön, dich zu sehen. Komm zu mir herunter, ich muss dich küssen."

Höflich beugte er sich und drehte den Kopf, sodass sie ihm auf die Wange schmatzen konnte. Sie umarmte ihn nochmals fest und als er sie ebenso fest drückte, blickte er zu Pia, die schließlich auch in der Paarungshitze war.

Ihr Gesicht wurde sauer und sie zog an ihren Zähnen, aber sie sagte nichts. Noch immer vergnügt sagte er in ihrem Kopf: *Alles klar bei dir, Liebling?*

Wenn es irgendjemand anderes als Niniane wäre, wäre ich mir nicht so sicher, sagte sie zu ihm. *Zum Glück bist du nicht sehr zugänglich für die meisten Leute.*

Daraufhin hob er eine bittere Augenbraue, aber weil sie recht hatte, ließ er es durchgehen.

Er entdeckte Bayne, der sich seinen Weg durch Gruppen von Menschen bahnte und sagte zu den anderen: „Entschuldigt mich."

Dragos verließ die kleine Gruppe und fragte: *Was hast du herausgefunden?*

Bayne schüttelte seinen Kopf. Für einen zufälligen Beobachter mochte er noch immer entspannt aussehen, aber Dragos kannte ihn sehr gut und erkannte das subtile feste Zusammendrücken seiner Lippen.

Bayne sagte: *Ich habe beinahe siebzig Leute gezählt, die ihren Duft überdecken, die meisten von ihnen Kongressmitglieder und andere Offizielle und deren Ehepartner sowie ein paar Praktikanten. Ich habe die Pressesprecherin des Weißen Hauses in die Enge gedrängt, nachdem Angela immer freundschaftlich mit uns umgegangen war. Sie sagte, es habe irgendwann Anfang vergangener Woche angefangen bei einer Untergruppe von Menschen, die dagegen sind, ein wärmeres Verhältnis zu den Alten Völkern bestehen zu lassen. Sie nennen es eine Recht-auf-Privatsphäre-Bewegung.*

Dragos rieb seinen Nacken. *Siebzig verdammte Leute, die meisten von ihnen Regierungsoffizielle. Das soll eine Untergruppe sein?*

Ich weiß. Bayne traf seinen Blick mit düsterer Miene. *Washington ist im Augenblick ziemlich stark gespalten darüber, wie man mit den Alten Völkern umgehen sollte. Gerüchten zufolge, sagte Angela, hat die Vizepräsidentin damit angefangen. Das ist die letzte Amtszeit des Präsidenten und sie denkt, dass Colton das Problem kultivieren könnte, um es in ihrem Kandidaturprogramm zu verwenden.*

Verdammte Scheiße. Wenn Colton Präsidentin werden würde, würde die Welt für die Alten Völker und speziell für die Wyr in der Tat sehr kalt werden.

Automatisch suchte er die Menge nach Colton ab. Nachdem er größer als die meisten Leute war, konnte er sie leicht ausfindig machen, sie stand auf einer Seite des großen Ballsaales mit einem großen, hageren Mann. Sie sahen aus, als würden sie eine angespannte Unterhaltung führen, vielleicht stritten sie sogar.

Er strengte sich an, um zu hören, was sie sagen könnten, aber obwohl er sehr gut darin war, etwas aus einiger Entfernung genau zu erkennen, waren zu viele Leute anwesend und das Orchester war zu laut, als dass er irgendetwas von ihrer Konversation verstehen konnte.

Wer ist der Mann, der bei Colton steht?, fragte er Bayne.

Dieser drehte sich seinem Blick folgend um. *Ich denke, das ist ihr Stabschef, Aaron Davis.*

Wenn er Coltons Stabschef war, dann würde Davis morgen zum Abendessen kommen. Dragos kniff die Augen zusammen. Vielleicht könnte er die Spannung zwischen den beiden noch etwas erhöhen. Er würde Wert darauf legen, mit Davis zu sprechen, um herauszufinden, ob dessen Loyalität vielleicht weniger fest verankert war.

Brauchst du noch etwas?, fragte Bayne.

Nein, im Moment nicht, danke. Lauf ein bisschen herum und schau, ob du zufällig etwas Nützliches mithören kannst.

Werde ich machen.

Bayne verschwand wieder in der Menge.

In Gedanken vertieft schloss sich Dragos Pia, Niniane und Tiago an. Kellner fädelten sich durch die Menge und boten den Leuten im Vorbeigehen Tabletts mit Häppchen an.

Während Dragos auf Konversationen reagierte und lächelte, wenn es die anderen taten, begann er im Hinterkopf Pläne zu schmieden.

Falls Colton ihre Bewerbung um die Präsidentschaft bekannt gab, würde er jede Lobbygruppe, die er finden konnte und die gegen ihre Kandidatur arbeitete, mit Geld versorgen.

Weil er immer über alle Eventualitäten nachdachte.

Er spielte eine Weile mit Budgetzahlen, legte den Gedanken aber dann als unbefriedigend beiseite und zog andere Optionen in Betracht.

Es gab natürlich immer die Möglichkeit eines Attentats. Aber es war kompliziert, eine Ermordung durchzuziehen, ohne dass es nach hinten losging. Wenn Colton eine Präsidentschaftskandidatur bekannt gab und Fuß fassen konnte – und auch wenn sie es nicht tat – könnte das eventuell ihre Streitsache schüren, was schlussendlich alles schlimmer machen würde.

Nein, Mord war nicht die bevorzugte Vorgehensweise, zumindest nicht in diesem Fall. Er konnte daran arbeiten, sie zu diskreditieren. Menschliche Spione anheuern, um sie durch den Schmutz zu ziehen. Das könnte ein paar Vorteile haben, aber es würde noch immer nicht die Abscheu gegen die Alten Völker und die Wyr beseitigen, die sie entfacht hatte.

Er musste sich etwas anderes einfallen lassen, um das spezielle Problem anzugehen. Und falls das nicht funktionierte … welche anderen Notfallpläne konnte er festlegen?

Genau in dem Moment spazierten Xavier del Torro, Regent des Nachtwesen-Reichs, und Tatiana, die Königin der Hellen Fae, zu ihnen und er schob diesen Gedankengang mit einer mentalen Notiz, ihn später fortzusetzen, beiseite.

Der Abend verging in einem aufreibenden Nebel aus gekünstelten Höflichkeiten und verborgenen Spannungen.

Und gelegentlich ein paar nicht so verborgenen Spannungen.

Tatiana, die Königen der Hellen Fae, weigerte sich offenbar, mit dem Hochlord der Elfen, Ferion, zu sprechen. Sie wollte nicht einmal Höflichkeiten austauschen und sie ignorierte ihn, als er sie ansprach. Nur die Götter wussten, was da vor sich ging.

Und an einem Punkt brachen der Herrscher der Dämonenwesen und die Herrscherin des Hexenreiches in einen leisen Streit aus.

Jered und Isalynns Abneigung füreinander war allgemein bekannt. Als sie sich lächelnd in einer stillen Zänkerei angriffen, stieß Pia Dragos in die Rippen und sagte in seinem Kopf: *Leute sehen zu. Wir sollten sie lieber trennen.*

Fast hätte er die Augen verdreht, aber als er sich umblickte, erkannte er, dass Pia recht hatte. Die beiden wurden beobachtet, von manchen verstohlen, andere jedoch taten das mit ziemlich offenem und nicht besonders freundlichem Interesse.

Zusammen mit Pia ging er zu ihnen, fasste Isalynns Arm und ging mit ihr weg, während Pia Jered ablenkte.

Unfassbar. Der Drache betrieb Diplomatie.

Er lachte leise vor sich hin, sogar als Isalynn ihn anzischte: „Lass meinen Arm los, Dragos!"

„Nicht, bis du und Jered weit genug voneinander entfernt seid", sagte er. Er wechselte zu Telepathie und sagte schroff: *Reiß dich zusammen, Isalynn, und lächle mich an, als würdest du es so meinen, denn wenn du nicht glaubst, dass wir gerade auf die Probe gestellt werden, dann hast du anscheinend nicht aufgepasst. Und du bist viel dümmer, als ich gedacht habe.*

Verdammt. Du bist im besten Falle unausstehlich. Ich hasse es, wenn du recht hast. Sie atmete zweimal kurz und wütend ein und drehte sich dann um, um ihm ihre Zähne zu zeigen.

Sein kalter Blick fuhr über ihre frechen, attraktiven Gesichtszüge. Es interessierte ihn nicht, dass ihr dunkler Blick noch immer wütend und voller Abscheu war. All ihre Gesichtsmuskeln hatten sich beinahe einem Lächeln angenähert und das war alles, was irgendjemand sonst sehen würde.

Er führte sie hinüber zu einem Buffet-Tisch und sie bedienten sich an den Erfrischungen. Als sich zwei

Kongressabgeordnete näherten, verließ er sie, sodass sie sich mit ihnen unterhalten konnte und kreiste umher, um Pia zu finden.

Pia tanzte letztendlich zweimal, einmal mit Präsident Johnson und ein zweites Mal mit Ferion, während Dragos sich beide Male krampfhaft zusammenriss und es schaffte, niemandem den Kopf abzubeißen.

Nicht einmal Johnsons relatives Alter half. Obwohl er ein Politiker in seinen Sechzigern war, war Johnson kein altes, hässliches Arschloch. Er war noch immer ein attraktiver, fitter Mistkerl und als er Pia auf der Tanzfläche herumwirbelte, warf sie ihren Kopf zurück und lachte mehr als nur einmal.

Und ihren Walzer mit Ferion zu beobachten, fühlte sich an, als würde jemand mit Krallen auf einer Schiefertafel kratzen. Seine Hände ballten sich zu Fäusten zusammen, als er sich vorstellte, den gutaussehenden Elfen über den glänzenden Boden zu schleifen.

„Dragos, ist das eine Flamme, die ich da aus deinen Nasenlöchern kommen sehe?“, fragte Niniane.

Während er von Pias Tanz besessen war, hatte sich die kleine Königin direkt vor ihn manövriert, ihren Kopf zur Seite geneigt und blinzelte ihn nun an.

Er nahm einen tiefen Atemzug, schluckte das Feuer hinunter und knurrte: „Ich weiß nicht, wovon du sprichst.“

„Und ob. Das war eine winzig kleine Flamme.“ Sie richtete einen anklagenden Finger auf seine Nase. „Was versuchst du zu tun? Eine allgemeine Panik erzeugen und alles zerstören, was jeder hier zu erreichen versucht?“

„Natürlich nicht“, fauchte er. „Ich habe mich zusammengerissen, gottverdammt.“

Sie betrachtete ihn einen Moment, dann sagte sie telepathisch: *Ich glaube wirklich, dass du darüber nachdenkst, es zu tun. Tiago sagte, du und Pia seiet in einer Paarungsphase.*

Sind wir. Gottverdammt, natürlich hatte Tiago mit seinem sensiblen Geruchssinn das bemerkt. Dragos sollte sich vielleicht einfach einen Geruchsbeseitiger kaufen und selbst der Recht-auf-Privatsphäre-Bewegung beitreten.

„Also, nur damit du es weißt", sagte Niniane laut, seinen Arm tätschelnd. „Ich bin mir ziemlich sicher, dass ich zufällig mitbekommen habe, wie Ferion und Pia sich für morgen Mittag verabredet haben, für irgendwo genannt das Paradise Motel."

Das riss seinen Blick von dem tanzenden Paar weg. Er schaute Niniane finster an. „Von was zur Hölle sprichst du? Pia würde sich niemals mit Ferion verabreden."

„Ich weiß, oder?" Niniane brach in schallendes Gelächter aus. „Sogar schlaue Männer können solche Idioten sein." Als er sie anblickte, ernüchterte sie etwas und sagte zu ihm: „Stopf diesen Paarungs-Unsinn irgendwo tief hinunter, bevor du etwas Dummes machst. Ich meine, Dragos … Pia und Ferion? Komm schon."

„Du hast nie so mit mir geredet, als du in New York gelebt hast", sagte er mit zusammengekniffenen Augen.

„Ich habe viele Dinge nicht getan, bevor ich Königin wurde", sagte sie sachlich. Sie warf ihm ein kleines charmantes Lächeln zu. „Außerdem magst du mich und ich sage dir nichts, was dein Gehirn deinen Hormonen nicht bereits sagt. Du wirst schon damit klarkommen."

„Diktatorisches kleines Stück Scheiße", murmelte er. „Ich sehe dich mit niemandem tanzen."

Ihr Lächeln verblasste und sie warf einen Seitenblick zu Tiago, der mit gekreuzten Armen mit Bayne sprach.

„Ja, nun, ich kann irrationales Verhalten erkennen, aber ich kann es nicht zwangsläufig aufhalten, oder?", murmelte sie als Antwort.

Das erregte seine volle Aufmerksamkeit. Er hörte auf damit, Pia auf der Tanzfläche zu beobachten, studierte Niniane und wechselte zu Telepathie: *Alles okay, Winzling?*

Sie lächelte ihn kurz an. *Ach, alles gut. Mach dir keine Sorgen, es ist nur so, dass Tiago und ich eine völlig andere Beziehungsdynamik haben als du und Pia. Du und Pia habt alles, was dazugehört — Ringe, öffentliches Zeigen von Zuneigung, Ehe und ein Kind, etc. Aber Tiago und ich müssen diskreter mit unserer Beziehung umgehen.*

Er runzelte die Stirn und rieb seinen Kiefer. *Ist das ein Problem?*

Sie schüttelte den Kopf. *Nein, nicht beim aktuellen Stand der Dinge. Ich bin mir ziemlich sicher, wir sind ein offenes Geheimnis in der Dunklen-Fae-Gesellschaft, aber solange wir es nicht zur Schau stellen, akzeptieren sie es. Sie akzeptieren ihn.*

Das ist gut, murmelte er.

Das ist es, aber da ist immer diese leichte Anspannung, weißt du? Er muss sich zurückhalten, irgendeine öffentliche Aussage darüber zu machen, mich in Anspruch zu nehmen, und dafür versuche ich, etwas sensibler mit Dingen umzugehen, wie mit anderen Männern in der Öffentlichkeit zu tanzen. Wir balancieren die Dinge ganz gut aus.

Während er zuhörte, fiel sein Blick auf die Vizepräsidentin und ihren Ehemann, die Walzer tanzten. Er fragte: *Was ist, wenn sich die Balance verschiebt?*

Ninianes mentale Stimme blieb fest und kräftig. *Wir lassen sie sich nicht verschieben. Im Moment sind wir beide beschäftigt, herausgefordert und zufrieden mit unserem Status quo. Wenn wir beschließen, dass wir etwas anderes tun wollen, oder wenn wir eine unterschiedliche Definition unserer Leben und unserer Beziehung haben, werde ich zurücktreten und wir gehen irgendwo anders hin.*

Irgendwo anders hingehen.

Das müssten sie tun, denn obwohl die Dunklen Fae Tiago

als das akzeptierten, was er war, würden sie nie zulassen, dass ihre Königin einen ehemaligen Wächter der Wyr heiratete. Neugierig fragte er: *Du könntest all diese Macht aufgeben, jetzt, wo du sie hast?*

Absolut, wenn es das Richtige für Tiago oder mich wäre – für uns beide. Sie lächelte ihn kurz an. *Und jedenfalls, was ich sagen will, ist, dass wir in einer anderen Lage sind als du und Pia. Also auch wenn all diese Paarungshormone in deinem Drachenkopf herumschwirren, halte fest im Blick, wieso du und Pia Jered und Isalynn getrennt habt, bevor sie aneinandergerieten. Dabei steht viel auf dem Spiel.*

Verstanden. Er verschränkte seine Arme. *Und ich möchte hinzufügen – nochmal – ich habe noch niemanden getötet. Ich sollte dafür Anerkennung bekommen.*

Sie klopfte ihm auf die Schulter und wechselte zu verbaler Sprache. „Bleib einfach dabei, solange wir alle in D.C. sind, 'kay?"

Grimmig schüttelte er seinen Kopf. „Ich gebe mein Bestes, Winzling."

Sie schnaubte. „Ich würde sagen, dass wir wahrscheinlich alle unser Bestes geben, damit es wenigstens so scheint, als würden wir miteinander auskommen. Was ziemlich armselig ist, wenn man darüber nachdenkt. Wenn du wirklich jemanden essen musst, dann warte wenigstens, bis Tiago und ich uns wieder auf die Heimreise begeben."

Sein Verstand ratterte. „Du wirst den Maskenball in New York nicht besuchen?"

Die Alten Völker feierten alljährlich an der Wintersonnenwende den Maskenball der Götter. Dragos schmiss jedes Mal zu diesem Anlass eine verschwenderische Party in der Stadt und als Niniane bei ihnen gelebt hatte, liebte sie es, daran teilzunehmen.

Sie seufzte. „Nein, es tut mir leid. Die Sonnenwendfeier ist erst in zwei Monaten und wir können nicht so lange bleiben, nicht mit der Zeitverschiebung zwischen der Erde und Adriyel. Es gibt zu Hause Sachen, denen wir uns annehmen müssen."

„Verstanden." Er verschränkte seine Arme. „Pia wird enttäuscht sein, aber es gibt nicht viel, was man da machen könnte."

Sie grinste zu ihm hinauf. „Du musst einfach irgendwann einmal nach Adriyel kommen, um uns zu besuchen."

Er hob eine Augenbraue. „Das würde eine interessante Reise werden."

„Ich kann es genau vor mir sehen", verkündete sie, beide Hände ausbreitend. „Jeder würde sich in die Hose machen, wenn der Drache ins Land der Dunklen Fae kommt. Es wäre *herrlich*."

Er bellte ein Lachen heraus, als das Orchester endlich aufhörte, diesen höllischen Walzer zu spielen und Ferion seine Partnerin zu ihm zurück geleitete.

Sie sah wunderschön aus, wie immer, aber unter der strahlenden Munterkeit ihres Make-ups sah sie auch müde aus. Er legte einen Arm um sie. „Wir sind fertig für diese Nacht."

„Bist du sicher?", fragte sie. Ihr Blick sauste über die Tanzfläche. „Es ist noch keiner sonst gegangen, glaube ich zumindest."

„Irgendjemand muss immer der Erste sein", antwortete er. „Außerdem ist es beinahe elf. Wir haben eine ausreichend solide Vorführung gegeben."

„Okay." Sie lehnte sich erleichtert an ihn.

Sie begannen den langen, mühsamen Prozess des Gute-Nacht-Sagens, bis sie endlich hinten in die Limousine klettern und sich mit großen Seufzern entspannen konnten. Eva und Bayne ließen sich in den Sitzen gegenüber von ihnen nieder.

Bayne saß der Mini-Bar am nächsten. Dragos sagte zu ihm: „Schenkst du mir bitte einen doppelten Scotch ein?"

„Sicher." Als Bayne ihm den Drink reichte, fragte er Pia: „Willst du irgendetwas?"

„Nur Wasser", sagte sie. Ihre Worte wurden von einem weiten Gähnen verschluckt. „Ich denke, für ein ziemlich verheerendes Event lief es gar nicht so schlecht?"

Dragos schnaubte, als er die bernsteinfarbene Flüssigkeit schluckte und ein genüssliches Feuer seine Kehle hinunterbrennen spürte. „Ich denke, das könnte man sagen."

Die kalte Wasserflasche öffnend, die Bayne ihr reichte, glitt sie aus ihren Schuhen und machte es sich an Dragos' Seite gemütlich. Dass das weiche, warme Gewicht ihres Körpers auf seinem ruhte, fühlte sich beruhigend an und löste die Spannung, die seine Muskeln den ganzen Abend angestrengt gehalten hatte.

Telepathisch fragte sie ihn: *Was werden wir machen, falls wir die Wogen nicht glätten können?*

Ich habe den ganzen Abend über Notfallpläne nachgedacht, gab er zu. Nachdem er seinen Drink ausgetrunken hatte, hielt er Bayne sein Glas hin, mit der stillen Bitte um einen weiteren. Er dachte an das Gespräch, das er gerade mit Niniane hatte. *Wir haben immer gesagt, dass wir meine Stellung verlassen würden, wenn wir müssten, aber das würde das Problem für alle anderen Wyr nicht lösen.*

Nein, seufzte sie. *Vielmehr könnte es die Sache für jeden anderen noch schlimmer machen. Wenn wir weggehen würden, würde ich jeden von ihnen mit uns nehmen wollen.*

Daraufhin keimte eine Idee in seinem Kopf auf und er wurde still, als er sie überdachte.

Sie war umfassend und drastisch, aber es war auch die erste Idee an diesem Abend, die seine Unruhe abklingen ließ.

Schlimmstenfalls, versprach er, *werden wir alle Wyr mit uns nehmen. Zumindest alle Wyr, die mitkommen wollen.*

Kapitel Sechs

PIA HOB IHREN Kopf, um ihn anzusehen. Er sah wachsam und konzentriert aus, wie er es immer tat, wenn sein Gehirn auf Hochtouren arbeitete.

Sie wusste nicht, ob sie erfreut oder vielleicht sogar etwas beängstigt sein sollte. Unsicher sagte sie: *Dir ist schon klar, dass es physikalisch unmöglich ist, mit der ganzen Weltbevölkerung der Wyr wegzulaufen, oder? Ich meine, das ist es doch? Selbst wenn wir sie alle zusammentreiben könnten. Oh Gott, das wäre, als würde man versuchen, tausende Säcke voller Flöhe auf einmal zu hüten.*

Kichernd küsste er sie. *Mach dir keine Sorgen, es wird nicht zum Schlimmsten kommen.*

Aber falls doch, drängte sie.

Falls doch, dann denke ich, sollten wir uns eine Scheibe vom Beispiel der Dunklen Fae abschneiden, sagte er zu ihr. *Sie haben es nie völlig auf die Integration in die menschliche Gesellschaft angelegt, weshalb sie eine so florierende Kultur in Adriyel haben.*

Du beabsichtigst New York zu verlassen? Sie fühlte, wie sich ihre Augen weiteten. *Komplett?*

Er verschränkte seine Finger mit ihren. *Du kennst unser Haus im Anderland, das, wo ich gerne damit experimentiere, welche Techniken von der Erde hinübergebracht werden können?*

Sie dachte nach. *Du hast mir davon erzählt ... letzten Mai, denke ich, aber du hast es seitdem nicht mehr erwähnt.*

Ich war zu beschäftigt, um an dem Projekt herumzubasteln, sagte er. *Aber dieses Land ist riesig. Es ist ungefähr so groß wie Grönland, aber anders als in Grönland gibt es dort viel kultivierbares Ackerland, eine Menge sauberes Wasser, klare, frische Luft und so gut wie keine Leute. Das ist einer der Gründe, wieso ich es so gern mag. Wichtiger ist aber, zumindest jetzt gerade, dass der Hauptzugang zum Anderland in der Nähe unseres Grundstückes im Norden New Yorks ist.* Er traf ihren Blick. *Das Land gehört mir und es hat begrenzte Eingangspunkte, was es leicht zu verteidigen macht. Außerdem besitzt es natürliche Ressourcen.*

Sie setzte sich aufrecht hin und ließ sich den Gedanken durch den Kopf gehen. Ja, es war eine gewaltige Möglichkeit, aber es gab auch enorme Hürden.

Langsam sagte sie: *Du redest davon, eine Menge Leute umzusiedeln, die nicht wissen, wie man ohne moderne Erden-Technologie lebt. Viele von ihnen leben in Städten und kaufen ihre Lebensmittel zusammen mit allem anderen, was sie brauchen, in Geschäften.*

Naja, ich habe nicht gesagt, dass es einfach sein würde, oder dass es schnell passieren sollte, antwortete er. *Oder ob es überhaupt passieren sollte. Aber wenn das Schlimmste eintritt und wir keinen Weg finden können, weiterhin friedlich mit der Menschheit zu leben, hätten wir einen sichern Ort, an den wir gehen könnten. Und ich muss nur ein Team von Ingenieuren und vielleicht ein paar Berater der Dunklen Fae anheuern, um die Vorarbeit zu leisten, damit wir nicht völlig unvorbereitet erwischt werden und verletzlich sind.*

Oh yay, wir müssen eine ganze neue utopische Gesellschaft in unserer Freizeit aufbauen? Sie gähnte erneut.

Möglicherweise, sagte er kichernd. *Eine ganze neue potenzielle utopische Gesellschaft. Schlimmstenfalls.*

Ich werde ehrlich sein, gestand sie. *Ich bin zu müde, um eine Idee dieses Ausmaßes aufzunehmen. Ich kann mir die Art von Infrastruktur nicht vorstellen, die man aufstellen müsste, um Tausende von Leuten zu tragen, geschweige denn die Trainingsprogramme, die man bräuchte, um ihnen zu helfen, sich in einen so unterschiedlichen Lebensstil einzugewöhnen.*

Das ist okay. Er legte einen Arm um sie und zog sie zurück an seine Seite. *Denn der schlimmste Fall wird nicht eintreten. Die Lage wird sich beruhigen.*

Sie glaubte ihm nicht. Vielleicht würden sich die Wogen glätten, aber Dragos verließ sich niemals auf blinden Optimismus als praktikable Vorgehensweise. Sie zweifelte nicht daran, dass genau diese Eigenschaft einer der Gründe war, weshalb er noch am Leben und so erfolgreich war.

Ihre schweren Augenlider weigerten sich, noch länger offen zu bleiben, und fielen zu. *Du wirst trotzdem diese Mannschaft aus Ingenieuren und Beratern einstellen, oder?*

Oh, ja.

Sie mochten erst seit achtzehn Monaten zusammen sein, aber irgendwie kannten sie sich bereits so gut. Sie lächelte und der ruhige Rhythmus des Motors der Limousine wiegte sie in den Schlaf.

Als sie wieder aufwachte, waren sie an der Wyr-Residenz angekommen und er trug sie die prächtige Treppe nach oben. Er hatte ihr die hochhackigen Schuhe abgenommen und sie ruhten auf ihrem Bauch.

„Rhett Butler lässt grüßen", murmelte sie, während sie eine Hand auf die Schuhe legte, um zu verhindern, dass sie hinunterrutschten und auf den Boden fielen.

„Was war das?" Er neigte seinen Kopf zu ihr. „Tut mir leid, dass ich dich geweckt habe."

„*Mmph.* Es muss dir nicht leid tun." Sie gähnte erneut. „Ich muss mich sowieso fürs Bett fertig machen."

Er legte seine Wange auf ihren Kopf. „Ich wollte dich aus deinem Kleid befreien."

Ihr müder Körper pulsierte bei der Idee, aber so überwältigend der Paarungsinstinkt auch sein konnte, wenn er sie in seinen Krallen hielt, fühlte sie sich jetzt krank, anstatt munter zu werden. Sich am Oberschenkel kratzend, freute sie sich einfach darauf, das Dior-Kleid abzulegen, damit sie ihre juckende Haut mit etwas Bodylotion eincremen konnte.

„So sehr ich auch wollen würde", nuschelte sie. „Ich bin heute Nacht zu erschöpft."

„Ich habe nicht angedeutet, dass wir irgendetwas tun." Er benutzte ihre Füße, um die Schlafzimmertür aufzudrücken und trug sie hinein. „Wir müssen uns beide ausschlafen, um morgen und den Rest dieser Woche durchzustehen."

Er setzte sie sanft an das Bettende und sie stützte ihren Körper mit beiden Händen auf der Matratze ab. „All diese fürchterlichen Leute kommen zu uns zum Abendessen. Eigentlich mag ich einige von ihnen einzeln ganz gern. Es ist nur so, dass sich so viele von ihnen untereinander nicht leiden können und wenn sie alle zusammenkommen, entstehen all diese Plänkeleien." Sie rieb ihre Stirn, als sie an die Coltons dachte. „Nur ein paar von ihnen sind schlicht abscheulich."

„Denk jetzt nicht daran." Er warf seine Jacke ab und riss mit einem Seufzen seine Krawatte herunter. „Denk einfach nur daran, in schöne, kühle Laken zu kriechen und das Licht auszumachen."

Da sie sowieso an die Coltons dachte, erinnerte sie sich an etwas, was vorher passiert war, und fing an zu kichern.

„Was?" Er blickte sie neugierig an, als er sein Hemd auszog.

Sie senkte ihre Stimme, um ihn zu imitieren. „*Ich freue mich darauf, Sie morgen zum Abendessen zu haben.*"

Ein schelmisches Grinsen erhellte sein hartes Gesicht. „Der Ausdruck auf ihren Gesichtern war mein einziges Vergnügen an diesem Abend."

Während er ins Bad ging, um seine Zähne zu putzen, setzte sie sich an den Schminktisch und begann, Reinigungscreme auf ihrem Gesicht zu verteilen. Als sie die Creme und das Make-up mit Taschentüchern abwischte, erschien ihr wahres Aussehen. Sie war kreidebleich und dort, wo sie ihre Haut gerieben hatte, fleckig. Außerdem hatte sie dunkle Ringe unter den Augen.

Sie schnitt sich selbst eine Grimasse im Spiegel. Wenn Dragos müde wurde, sah er einfach noch wilder und gefährlich sexy aus und ein seeräuberischer Anflug von dunklem Bart beschattete seine mageren Wangen. Wenn sie erschöpft war, sah sie wie etwas aus, was eine Katze erbrechen könnte.

Er verließ völlig nackt das Bad und kroch ins Bett und sie war an der Reihe, das Bad zu benutzen. Sie zwang sich aufzustehen, um ebenfalls ihre Zähne zu putzen und die Reste der Creme von ihrem Gesicht zu waschen. Ihre Haut war noch immer fleckig, wo sie es mit Taschentüchern abgerieben hatte. Sie starrte ihr Spiegelbild finster an und wand sich aus ihrem Kleid.

Dann griff sie nach ihrer Bodylotion und stützte ihren Fuß auf den Rand der Badewanne, um Lotion auf ihre gereizte Haut zu reiben.

Ein großer, leuchtender, dunkelroter Fleck bedeckte die Weite ihres Oberschenkels. Sie erstarrte und blickte auf ihr Bein. Dann sah sie erneut über ihre Schulter in das Spiegelbild ihres noch immer fleckigen Gesichts.

„Oh Gott", seufzte sie. Das war das Letzte, was sie brauchen konnte.

Sie hatte es nicht sehr laut gesagt, aber ihr Gefährte hörte besser als jedes andere Lebewesen, das sie jemals getroffen hatte. Dragos sagte vom Schlafzimmer aus: „Was ist?"

„Ich bin ganz fleckig", beschwerte sie sich.

Er tauchte in der Tür auf und runzelte die Stirn, als er ihr Erscheinungsbild aufnahm. „Hast du irgendetwas von den Häppchen gegessen?"

„Ja, aber ich habe zuerst gefragt, ob sie vegan sind. Das mache ich immer."

Sein Blick wurde finster, als er ihr Bein mit einem Zeigefinger berührte. Er deutete zur Flasche und als sie sie ihm gab, fing er an, behutsam Body Lotion über ihr Bein zu verteilen. „Rezepte können heimtückisch sein. Vielleicht haben die Diener einen Fehler gemacht und etwas wies Spuren von Fleisch, Fisch oder Milchprodukten auf. Empfindest du ein Übelkeitsgefühl?"

Sie lebte vegan, nicht nur aus Entschluss, sondern auch von Natur aus. Ihr Verdauungssystem erkannte einfach Fleisch, Fisch oder Milchprodukte nicht als Nahrung.

„Nein, aber ich trage noch immer die Diamantkette." Sie verzog das Gesicht. „Ich will diese Woche nicht fleckig ausse-hen, nicht während die Welt den Bach runtergeht."

Er studierte sie mit zusammengekniffenen Augen. „Nimm die Kette ab."

Seufzend gab sie nach. Sobald der Anhänger den Kontakt zu ihrer Haut verlor, hob sich ihr Magen. Ihn mit einem Klappern auf den nahen Waschtisch werfend, stürzte sie sich auf die Toilette.

Während sie damit kämpfte, ihren Magen von allem zu befreien, legten sich starke Hände auf sie. Eine hielt ihre Stirn und die andere stützte ihren Rücken. Sie fühlte sich viel zu krank, um verlegen zu sein, sodass sie ihren zitternden Körper an seine große, ruhige Statur lehnte, nachdem sie damit fertig war, sich zu übergeben.

„Das war völlig abscheulich", murmelte sie.

Er strich ihr feuchtes Haar aus ihrem Gesicht. „Es ist besser, dich zu übergeben, als es durch deinen Körper wandern zu lassen. Morgen früh, wenn du ausgeruht bist, fühlst du dich hoffentlich besser."

„Stimmt."

Nachdem er ihr auf die Beine geholfen hatte, putzte sie sich erneut die Zähne und folgte ihm ins Bett. Er öffnete die Arme und sie kroch zu ihm hinüber, um es sich an seinem lang ausgestreckten Körper bequem zu machen. Behaglichkeit machte sich breit. Sie schmiegte sich an die nackte, warme Haut seiner Schulter und schloss ihre Augen.

Kurz bevor sie einschlief, hob sich der müde Schleier von ihren Gedanken und sie erinnerte sich.

Ihr war an diesem Abend schon weit vor dem Verzehr der Häppchen übel gewesen und ihre Haut hatte auch bereits angefangen, sich gereizt anzufühlen.

Zeit für einen Termin bei Dr. Medina, wenn sie nach Hause kamen.

Dann rief die Dunkelheit und sie war unfähig, ihrem erbarmungslosen Ziehen zu widerstehen.

ALS SIE DAS nächste Mal das Bewusstsein erlangte, entdeckte sie, dass sie sich auf die andere Seite gerollt hatte und Dragos mit dem Bauch an ihren Rücken geschmiegt hinter ihr lag. Das Zimmer war in tiefe Schatten gehüllt, obwohl ein Lichtschimmer am Rand des Vorhangs andeutete, dass es beinahe dämmerte.

Sein warmer Mund fuhr über ihren Nacken, während er ihren Oberkörper von der Brust bis zu den Hüften streichelte. Seine große, heiße Erektion drückte gegen ihren Po.

„Guten Morgen, Liebling", flüsterte er in ihr Ohr. „Wie geht es dir – etwas besser?"

„*Mmm*", murmelte sie und streckte genüsslich ihren ganzen Körper, wodurch sie sich an ihm rieb. Sie liebte das Gefühl seines Körpers neben ihrem über alles. Dunkel gebräunte Haut spannte sich über geschmeidige, eisenharte Muskeln und war mit schwarzem, seidenem Haar bedeckt. Es war ohne einen Zweifel die beste Art, um morgens aufzuwachen. Sich auf den Rücken rollend, rieb sie ihr Gesicht an seiner Brust. „Noch immer müde, aber okay."

Er nahm ihre Brüste in seine Hände und presste einen zärtlichen Kuss auf den Vorsprung ihres Nippels. „Gut genug dafür?"

Sie zog Bilanz. Ihre Muskeln schmerzten und ihre Oberschenkel juckten noch immer, aber nichts davon konnte den wachsenden Hunger nach ihm abbauen. „Ich will", gab sie zu. „Aber ich fühle mich nicht sehr wild."

„Wir machen es diesmal langsam und ruhig", versprach er. „Ich kann die ganze Arbeit machen. Du kannst dich zurücklegen und deine *Pengs* zählen."

Erfreut kicherte sie, als sie ihr Gesicht für seinen Kuss nach oben neigte. „Dein Angebot ist so verlockend, dass ich nicht widerstehen kann."

Er hielt ihren Hinterkopf und unterstützte ihren Nacken, als er seinen Mund über ihren neigte und sie zärtlich und innig küsste. Ein Gefühl von goldenem Wohlbefinden durchflutete sie und körperliches Vergnügen vermengte sich mit dem emotionalen.

Er war so gut, so gut. Er war wilder und fordernder, als irgendjemand anderes, den sie jemals gekannt hatte, aber er war auch der zärtlichste dieser Liebhaber und er behandelte sie, als wäre sie ein unvergleichlicher Schatz.

Es war unmöglich, sich Sorgen zu machen, wenn sie in seinen Armen war, unmöglich, an irgendetwas Negativem oder Isolierendem festzuhalten. Wenn sie zusammen waren, waren sie ganz dabei, völlig versunken ineinander, investierten alles in dieses unfassbare, lebenswichtige Ding, das sie zwischen ihnen aufgebaut hatten. Nichts sonst existierte.

Er verteilte sanfte Küsse entlang ihres Körpers, kniff leicht in ihre Brüste und saugte an den steifen, sensiblen Spitzen ihrer Nippel. Während er sie streichelte und an ihr leckte, wanderte sie suchend mit einer Hand seinen Körper hinunter und fuhr mit ihren Fingern durch die seidene Ansammlung von Haaren tief an seinem festen, flachen Unterleib, bis sie seine Erektion fand.

Sie schloss ihre Finger um seinen Schwanz und massierte den lange, dicken Schaft. Seine Haut fühlte sich wie Seide, die über Eisen gespannt war, an. Mit ihrem Daumenballen rieb sie kreisförmig über die breite Spitze seines Penis.

Als Antwort darauf atmete er fest aus und beugte seine Hüften, sodass er gegen ihre Handfläche drückte, während sein Mund die Linie ihres Nackens hinauffuhr, um ihre Lippen erneut zu liebkosen.

Er war kein Mann für schmeichelnde Worte oder Poesie und es war selten, dass er sagte, dass er sie liebte. Aber er sagte es ihr auf so viele verschiedene Arten, dass das Fehlen von schmeichelnden Worten und Poesie nie von Bedeutung war, nicht im Geringsten.

Er sagte es ihr durch die Berührung ihrer Lippen. Die Tiefe seiner Gefühle wurde durch jede Liebkosung seiner schwieligen, starken Hände ausgedrückt. Er sagte es ihr, indem er auf jedes Detail ihres Lebens achtgab und durch die Art, wie sich sein Gesicht erhellte, wann immer sie einen Raum betrat.

Er sagte es ihr jedes Mal, wenn er seine Arme um sie legte oder sich über ihre Abwesenheit beschwerte. Und es war die

Beschwerde eines Mannes, der die Anwesenheit anderer allgemein nicht sehr gut ertrug.

Auf tausend unterschiedliche Arten sorgte er dafür, dass sie sich verehrt und geschätzt fühlte, und diese Runde Sex war nicht anders. Er hielt sein Wort und obwohl sie seinen ansteigenden Hunger spüren konnte, der wie heiße Lava unter seiner Haut brannte und seinen großen robusten Körper härtete, brach er niemals aus dem sanften Tempo aus, das er sich selbst auferlegt hatte.

Mit seinen Fingern streichelte er sie zum Orgasmus und erst, als sie sich von dem zitternden Pulsieren der Vollendung beruhigte, kam er zwischen ihre Beine, um seine Hüften an ihren niederzulassen und ruhig und vorsichtig in ihren Eingang zu stoßen.

Eine heiße Welle von Gefühlen strömte durch sie, als sie fühlte, wie sein Schwanz in sie eindrang. Körperliches und emotionales Vergnügen entzündeten sie vollkommen. Sie schlang ihre Arme und Beine um ihn, hielt ihn mit ihrem ganzen Körper, versuchte ihm ebenfalls ohne Worte zu sagen, wie wichtig er für sie war.

An diesem einen Ort war ihre Konversation unveränderlich.

Hier bin ich, sagte ihr wogender Körper zu ihm. Ich werde dein Zuhause sein.

Ihr tief in die Augen schauend, begann er, sich zu bewegen. Hier bin ich, sagte sein Körper zu ihr. Ich werde dich bedecken und beschützen.

An diesem einen Ort veränderte sich seine normale besitzergreifende Natur. Zu jeder anderen Zeit sagte er ihr auf dutzende Arten: Du gehörst mir.

Aber hier, in diesem einen Ort, sagte er ihr: Ich bin dein.

Sein eigener Orgasmus überkam ihn und er gab sich ihr

hin. Sie sah ihn an, ohne zu blinzeln, kaum atmend, sein Gesicht streichelnd, als er ihr alles gab, was er hatte.

Nachdem er lange Zeit in ihr blieb, entfernte er sich, griff nach Taschentüchern auf dem Nachttisch und half ihr, die Innenseite ihrer Oberschenkel zu säubern. Dann zog er sie mit sich, sodass sie mit verschlungen Beinen aufeinander ruhten. Völlig erschöpft und auf die bestmögliche Art befriedigt, vergrub sie ihr Gesicht erneut in seiner Brust und schlief wieder tief ein.

Als sie das nächste Mal aufwachte, war sie alleine im Bett. Sie schaute sich um und zog Bilanz aus ihrer unmittelbaren Umgebung. Während der Raum noch immer in tiefem Schatten lag, zeigte ihr ein helles, gelbes Band aus Sonnenlicht entlang der Kanten der Vorhänge, dass der Tag erheblich vorangeschritten war.

Dragos war nirgends im Raum zu sehen. Die offene Tür des Badezimmers verriet, dass es leer war. Er hatte sie alleine gelassen, damit sie ausschlafen konnte.

Sie *tste*, teilweise frustriert aber größtenteils zufrieden. Es gab so viel zu tun an diesem Tag – so viel – aber sie konnte nicht leugnen, dass es sich richtig gut angefühlt hatte, auszuschlafen.

Als sie auf ihre Seite des Bettes rollte, sah sie ein Stück Papier auf dem Nachtkästchen liegen. Sie hob es auf und erkannte, dass es mit Dragos' schwungvollem Gekrakel überdeckt war.

Du musst heute Nachmittag nicht mit mir kommen. Versuch, dich heute auszuruhen. Die Angestellten können sich um alles für heute Abend kümmern. – D

Sich zu entspannen versuchen, wenn der Präsident, die

Vizepräsidentin, der Sprecher des Repräsentantenhauses, die Mehrheiten- und Minderheitenvorsitzenden des Senats und alle Herrscher der Reiche zusammen mit ihren Ehepartnern und persönlicher Security in die Wyr-Residenz zum Abendessen kamen?

„Ich liebe dich", sagte sie dem Zettel. „Aber manchmal bist du ein dummer, dummer Mann. Wenn auch unbestreitbar ein sehr gutaussehender, sexy Mann."

Sie küsste das Papier und legte es beiseite, rief unten in der Küche an, um um eine Kanne Kaffee und eine Schüssel mit frischen Früchten zu bitten und stieg dann aus dem Bett.

Sobald sie aufrecht stand, schlug die Übelkeit auf sie ein, fest und boshaft und stärker als jemals zuvor. Sie raste ins Badezimmer und ihr Körper wand sich unter erbärmlichen Krämpfen.

Dann endlich war sie fähig, sich auf den Boden zurückzusetzen und tief einzuatmen. Instinktiv untersuchte sie ihren Körper erneut. Noch immer kein Baby.

Sie hatte keine Zeit, das Fehlen eines winzigen Lebensfunkens in ihr zu betrauern. Verdammt. Verdammt, verdammt, verdammt. Ihr Bein juckte wild und als sie es kratzte, wurde das Jucken noch schlimmer. Sie sah an sich herunter.

Ihr Oberschenkel war röter als je zuvor – eine dunkle, wütende Farbe – und übersät mit Beulen.

Ein Klopfen ertönte an der Tür. Pia rollte sich zusammen. Wirbelnde Übelkeit packte sie an der Gurgel. Sie griff nach dem Diamantanhänger, warf ihn sich um und die Übelkeit flaute ab. Sie rief: „Wer ist da?"

„Eva. Ich habe dein Frühstückstablett."

Ihr Morgenmantel hing an einem Haken an der Rückseite der Badezimmertür. Sie schnappte ihn sich und zog ihn an.

„Komm rein."

Die Tür öffnete sich und Eva trug das Tablett hinein. Als sie es auf den Nachttisch stellte, trat Pia ihr entgegen und riss die eine Hälfte ihres Gewands zur Seite, um ihren Oberschenkel zu entblößen. „Was ist das?", fragte sie. „Weißt du das?"

Eva drehte sich, um Pias Bein anzusehen und ihre Augenbrauen hoben sich. Nach kurzem Nachdenken antwortete sie: „Sieht für mich nach Nesselsucht aus."

„Nesselsucht?" Pia versuchte es zu vermeiden, daran zu kratzen, aber das Jucken trieb sie in den Wahnsinn. „Bekommt man das nicht, wenn man auf irgendetwas allergisch ist?"

„Ja. Was hast du getan, etwas gegessen, was du nicht solltest?"

„Nein." Sie runzelte ihre Stirn. Sie hatte auch noch nie zuvor eine so extreme Reaktion auf Lebensmittel gehabt, die sie nicht essen sollte. „Zumindest glaube ich das nicht."

„Nun, wenn du auf etwas allergisch bist, kannst du innerhalb von ein paar Stunden darauf reagieren, aber es kann bis zu zweiundsiebzig Stunden dauern, bis sich eine Lebensmittelvergiftung bemerkbar macht. Du könntest also auf etwas reagieren, was du innerhalb der letzten drei Tage gegessen hast", sagte Eva. „Es könnte ein paar Tage dauern, bis du es überwunden hast."

Pia versuchte sich zurückzuerinnern, aber sie hatte keine Ahnung, was sie vor drei Tagen gegessen hatte. Sie hatte nicht aufgepasst ... obwohl sie sich ziemlich sicher war, dass sie an diesen Tagen nur zuhause gegessen hatte, also hätte das Essen sicher sein müssen.

Sie knurrte frustriert und sauste zurück ins Bad, um ihr Spiegelbild anzusehen. Ihre Haut war blass und fleckig. Sie warf ihre Hände hoch. Großartig, wirklich verdammt großartig.

„Vielleicht solltest du zu einem Arzt gehen?" Eva war ihr ins Bad gefolgt und beobachtete sie mit einem beunruhigten Gesichtsausdruck.

„Zu einem Wyr-Doktor in D.C. gehen?" Schnaubend drehte sie sich von dem beleidigenden Spiegel weg. „Viel Glück dabei, einen zu finden. Menschen nehmen nicht verschreibungspflichtige Medikamente gegen Allergien. Sie heißen Antihistaminika. Hast du davon schon mal gehört?"

Eva rieb ihr Gesicht. „Ja."

Ihr Blick traf Evas. „Ich werde Dr. Medina anrufen, aber in der Zwischenzeit besorg mir ein paar Antihistaminika. Mir egal, von welcher Marke. Ich werde es durch diesen Tag schaffen und wenn es mich tötet."

Aber zuerst würde sie duschen, um zu sehen, ob das das höllische Jucken beruhigen würde, zumindest bis Eva mit den Medikamenten zurück war. Während Eva sich auf den Weg machte, duschte sie, rieb sich das Bein mit Bodylotion ein und zog sich Jeans und einen leichten Seidenpullover an.

Den Göttern sei Dank war Dragos eine ganze Zeit vorher aufgebrochen, um den Aufgaben dieses Tages ohne sie beizuwohnen. Sie trank schnell eine Tasse Kaffee, aß ein paar Bissen Früchte und rief in der Arztpraxis an.

Dr. Medina war mit einem Notfall beschäftigt, sagte ihr die Büroleiterin, aber sie versicherte ihr, Pia zurückzurufen, sobald sie konnte. Pia legte auf, ging zum Schminktisch und spachtelte weitere zehn Pfund Make-up auf ihr Gesicht, um ihren fleckigen Teint zu überdecken, bis sie mehr oder weniger normal aussah.

Dann kam Eva mit mehreren verschiedenen Packungen von Antihistaminika zurück. Gemeinsam überflogen sie die

Dosierungsanweisungen.

„Bedienen sie keine schweren Maschinen, kann Schläfrigkeit verursachen …“, las Eva laut vor.

Pia entnahm eine Dosis aus der Folie und schluckte sie. „Oder mit anderen Worten, mehr Kaffee.“

„Bist du sicher, dass du dafür bereit bist?“ Eva kräuselte besorgt ihre Lippen.

„Ich bin völlig bereit dafür“, sagte Pia eisern. „Gehen wir.“

Damit stürzte sie sich in die Vorbereitungen für den Tag. Es schien so, als hätte jeder mindestens ein Dutzend Fragen aufgehoben, um sie ihr zu stellen. Es gab einen Irrtum bei der Bestellung der frischen Blumen. Würde der Ersatz reichen? Was war mit der Sitzordnung für das Abendessen?

Zum Glück hörte ihr Bein nach ungefähr einer halben Stunde auf zu jucken. Als die Ärztin sie ein paar Stunden später zurückrief, war sie so beschäftigt, dass sie die Mailbox rangehen ließ. Sie könnte Dr. Medina am Morgen des nächsten Tages zurückrufen.

Der Nachmittag verging viel zu schnell. Dragos kam mit schlechter Laune zur Residenz zurück. Er stand in der Mitte des Foyers, die Hände in die Hüften gestemmt, und beobachtete, wie die Angestellten vorbeihasteten. So fand Pia ihn auf.

„Wie war dein Tag?“, fragte sie.

„Ich hasse Menschen.“

Er hörte sich mürrisch an, aber nicht mehr als sonst, wenn er es mit vielen Leuten zu tun hatte. Sie neigte ihr Gesicht zu ihm hoch. Er nahm sich Zeit, sie zu küssen und leistete so eine gründliche Arbeit, dass sie errötet war und lachte, als er schließlich seinen Kopf wieder hob. „Wie läuft es hier?“

Sie sah sich um. „Du kannst es vielleicht nicht sehen, aber es ist eine kontrollierte Panik. Es ist ganz gut, dass ich dich heute nicht begleitet habe – es gab hier zu viel zu tun, aber ich denke, ich kann jetzt gehen und mich für den Abend fertig machen. Kommst du mit mir nach oben?"

„In einer Minute. Ich hole mir noch einen Scotch und will erst noch mit Bayne reden."

„Okay." Sie verließ ihn, um die Treppe zu ihrer Suite hinauf zu joggen.

Letzte Nacht war ihr Outfit klassisch schick. Sollte sie sich heute Abend romantisch anziehen und das mitternachtsblaue Kleid tragen? Oder vielleicht kultiviert mit ihrem seidenen braungrauen Hosenanzug?

Das Schlafzimmer oben war gereinigt und aufgeräumt worden und die Packungen mit Antihistaminika waren auf dem Nachttisch gestapelt worden. Sie zu sehen, erinnerte sie.

Sie trat ihre Jeans von sich, um ihren Oberschenkel zu untersuchen. Es hatte seit ein paar Stunden nicht gejuckt, aber der Fleck auf ihrer Haut war noch immer rot und sah entzündet aus. Die Nesselsucht war also etwas zurückgegangen, aber die Irritation war nicht weg. Die Medizin überdeckte ein Symptom, aber merzte das Problem nicht aus.

Seufzend griff sie nach der offenen Packung. Nachdem sie die Anweisung nochmals geprüft hatte, schluckte sie noch eine Dosis.

An diesem Punkt würde sie keinesfalls versuchen, den Anhänger abzunehmen. Sie könnte es später am Abend immer noch abnehmen und schauen, wie es ihr dann ging.

Denn nichts außer einer ausgewachsenen Naturkatastrophe konnte sie davon abhalten, die Dinner Party an diesem Abend durchzustehen.

Kapitel Sieben

Im Erdgeschoss ging Dragos mit Bayne die Sicherheitspläne für den Abend durch. Jeder Wyr würde in dieser Nacht im Einsatz sein, um sicherzustellen, dass das Perimeter um das Grundstück streng bewacht war. Alle nahegelegenen Straßen waren drei Blocks weit in jede Richtung abgesperrt und Wachen waren auf den Dächern der naheliegenden Gebäude positioniert.

Weil das Haus zu alt für ein modernes Sicherheitssystem war, hatte Bayne winzige versteckte drahtlose Kameras in jedem Zimmer installiert, welche vom Sicherheitsraum aus, der sich hinter dem Weinkeller befand, überwacht wurden. Das WLAN-Netzwerk des Hauses war ein geschlossenes System und es wurde durch einen elektrischen Generator und einen zweiten Server abgesichert. Sie waren so sicher, wie die moderne Technologie es zuließ.

Aber nichts davon nahm dem Drachen die Unruhe darüber, sich in einer feindlichen Stadt zu befinden. Keine Security der Welt konnte das Gebäude vor einem weitreichenden Raketenangriff schützen.

Das war ein extremes, höchst unwahrscheinliches Szenario, aber extreme Scheiße passierte hin und wieder. Obwohl er wusste, dass die anderen Reiche, zusammen mit verschiedenen menschlichen Polizeibehörden ebenfalls in der ganzen Stadt in höchster Alarmbereitschaft sein würden, gefiel es ihm nicht, seine Sicherheit oder die seiner Gefährtin anderen Leuten anzuvertrauen.

Von einem Zwang getrieben ging er hinunter, um sich zu vergewissern, dass keine Eingänge zu Tunneln aus Versehen durch all die Koffer, Boxen und Möbel, die sich über die letzten einhundertzwanzig Jahre angesammelt hatten, blockiert wurden.

Ja, er war paranoid, aber er war in den vergangenen Jahrhunderten auch schon mehrmals gejagt worden. Paranoid und misstrauisch zu sein hatte ihn am Leben gehalten und er war äußerst daran interessiert, diesen Status quo beizubehalten.

Schließlich begab er sich nach oben, wo er das Schlafzimmer in einem chaotischen Zustand vorfand.

Pia hatte verschiedene Outfits zusammen mit dazu passenden Schmucksets auf das Bett geworfen. Kleine Pappschachteln waren auf einem der Tische verstreut. Er zog die Augenbrauen hoch und sah sich um und entdeckte Pia schließlich zusammengekauert vor dem Kleiderschrank. Sie trug ihren Bademantel, ihr Haar war wieder auf die heißen Lockenwickler gerollt und sie war damit beschäftigt, Schuhe herauszureißen.

All ihre Schuhe. Soweit er sagen konnte, trug sie, als sie aufstand, alle Paare, die sie auf diese Reise mitgenommen hatte, auf ihrem Arm.

Bei seinem Anblick murmelte sie: „Ich liege total zurück. Ich dachte, dass ich entweder das mitternachtsblaue Kleid oder den seidenen Hosenanzug tragen würde, aber nichts von beiden scheint mir richtig und ich kann mich für nichts entscheiden!"

Sie warf die Schuhe auf den Boden neben dem Bett.

Er trat hinter sie und legte seine Arme um sie. Ihr Körper

zitterte vor Anspannung. Er festigte seinen Griff um sie. Sein Verlangen, seinen Mund in ihr Haar zu graben, wurde durch die heißen Lockenwickler darin unterbunden, also legte er seinen Mund stattdessen auf die Kuhle, wo ihr Nacken auf ihre Schulter traf.

„Du bist ein wenig nervös, Liebste", murmelte er.

„Ja, sorry. Ich habe heute schon einen Kübel Kaffee intus." Sie lehnte sich gegen ihn zurück. „Alle werden hier sein, Dragos – alle unter unserem Dach."

„Ich weiß." Er drückte einen Kuss auf ihre warme Haut.

„Ist das schon jemals zuvor passiert?"

„Nein, ist es nicht. Wir hatten schon viele der Herrscher bei Feiern und Treffen zu Gast, aber nicht alle Staatsoberhäupter aus den USA gleichzeitig."

Sie kicherte zurückhaltend. „Du hättest mir eine beruhigende Lüge erzählen können. Es tut mir leid, dass ich so durcheinander bin. Bis vor etwa fünf Minuten ging es mir gut und dann habe ich mich in dieses große Nervenbündel aufgelöst."

„Du wirst heute Abend fantastisch sein", sagte er zu ihr. Pia hatte keinen schicken Abschluss in Politikwissenschaften, aber sie hatte eine gute Menschenkenntnis, also fragte er neugierig: „Ich wollte dich schon früher fragen, aber ich habe es vergessen – wie war dein Eindruck von Johnson, als ihr miteinander getanzt habt?"

Die Anspannung in ihrem Körper löste sich etwas. „Naja, ich mochte ihn. Natürlich haben wir über keine superwichtigen Sachen gesprochen und ich weiß, dass er dafür bekannt ist, charmant zu sein, aber er scheint noch immer einen wirklich anständigen Kern zu haben. Er hat nicht versucht, seinen Duft zu verschleiern und die Tatsache, dass er mich nach einem Tanz gefragt hat, zeigt, dass er eine gemäßigte Einstellung uns gegenüber hat – nicht nur gegenüber den Wyr, sondern gegenüber den Alten Völkern im Allgemeinen, glaube ich."

Er nickte leicht, während er noch immer mit seinem Mund Kontakt zu ihrer Haut hielt. „Das war auch mein Eindruck. Ich denke, er ist aufrichtig besorgt über die Gewaltausbrüche, die sich in den letzten zwei Jahren ereignet haben, und er will gemeinsam eine Lösung finden, um das Risiko auf weitere Gewalt in der Zukunft zu minimieren. Und ein weiteres Plus – weder er noch seine Frau sind Teil der Recht-auf-Privatsphäre-Bewegung."

„Hört sich an, als hättest du heute einen produktiven Tag gehabt", sagte sie und griff nach hinten, um seine Wange zu streicheln.

„Das hatten wir, denke ich." Er hob seinen Kopf und musterte die auf dem Bett verstreuten Outfits. „Zieh das mitternachtsblaue Kleid an. Das Blau hat fast die Farbe deiner Augen und es gefällt mir, wie du darin aussiehst."

Sie stieß ein tiefes, erleichtert klingendes Seufzen aus. „Ich sollte dich alle meine Outfits für diese Woche aussuchen lassen, das würde mir eine Menge Zeit ersparen."

Er grinste. „Abgemacht, solange ich auch deine Unterwäsche aussuchen darf."

„Okay, aber du solltest dich lieber beeilen", murmelte sie. „Ich meine es ernst. Ich werde in zwanzig Minuten unten sein. Andere Leute können es sich leisten, zu spät zu sein, aber nicht die Gastgeber."

Eifrig wandte er sich der Kommode zu, die ihre intime Bekleidung beinhaltete. Dabei fiel sein Blick auf die kleinen Schächtelchen auf dem nahegelegenen Tisch. Er fragte: „Übrigens, was ist in diesen Schachteln?"

Sie blickte stirnrunzelnd auf die Packungen, während sie

zum Schminktisch eilte, um die heißen Lockenwickler herauszunehmen. „Das sind Antihistaminika gegen meinen Hautausschlag.“

„Er ist also noch nicht weg?“

„Nein“, seufzte sie. „Vielleicht ist er morgen verschwunden.“

Er wählte einen dunkelblauen BH und ein dazu passendes Höschen und genoss das Gefühl des seidenen Stoffes auf seiner Hand. Später, wenn sie aus ihrem funkelnden Kleid gestiegen war, würde er ihr die zarte Unterwäsche abstreifen. Bei dem Gedanken stand sein Schwanz stramm, aber sie hatte recht. Er hatte keine Zeit, dem Drang nachzugehen.

Später, versprach er sich.

Er drehte sich um, um ihr die Dessous zu reichen, und fragte: „Haben die Antihistaminika überhaupt geholfen?“

„Mehr oder weniger. Das Jucken ist ein bisschen weniger geworden, sodass ich es zumindest ignorieren kann, wenn ich beschäftigt bin, aber der Hautausschlag ist noch nicht weg. Ich habe Dr. Medina angerufen, aber sie hatte einen Notfall, also werde ich sie nochmal anrufen, wenn der Hautausschlag bis morgen früh noch nicht weg ist.“ Sie schnappte sich die Unterwäsche von ihm, warf ihren Bademantel ab und zog sich schnell an.

Er musste seine Augen abwenden von dem leckeren Anblick, wie sie ihre vollen, blassen Brüste in diesen sexy BH steckte. Stattdessen konzentrierte er sich auf ihr Bein und runzelte die Stirn, als er sah, wie viel Haut der dunkelrote Ausschlag einnahm. „Ruf sie trotzdem an, auch wenn der Ausschlag sich beruhigt. Ich will wissen, was sie dazu sagt.“

„Okay.“ Sie wand sich ins Kleid und drehte ihren Rücken zu ihm. „Machst du meinen Reißverschluss zu?“

„Mit Vergnügen.“ Er half ihr mit dem Reißverschluss und

drückte ihr einen letzten Kuss auf den Nacken. Dann zog er einen sauberen Anzug an, einen dunkleren, der besser für den Abend geeignet war, und als sie das Schlafzimmer verließen, machte sich der Drache wieder in seinen Gedanken breit.

Er war einst viel wilder gewesen, aber das Alter hatte ihn gelehrt, die heikleren Aspekte der Kriegsführung zu schätzen, welche man bei einem guten Essen ausführte.

Denn er hatte keine Zweifel – während manche seiner Gäste heute Abend gemäßigter und aufgeschlossener sein würden, würden andere Gäste auf jeden Fall Krieg gegen ihn führen.

Heute Abend war die beste Chance, sie zu studieren, um die beste Strategie herauszufinden, sie zu besiegen.

Und wenn diese einschloss, sie zu vernichten, na dann sollte es so sein.

✧ ✧ ✧

ALS DIE ERSTEN Gäste ankamen und ein Stimmenwirrwar von Begrüßungen das Haus erfüllte, zählte Pia mental zum dutzendsten Mal an diesem Tag alle Teilnehmenden durch.

Die teilnehmenden Menschen waren der Präsident, die Vizepräsidentin, ihre jeweiligen Stabschefs, die Mehrheiten- und Minderheitenvorsitzenden des Senats und der Sprecher des Repräsentantenhauses zusammen mit ihren Ehepartnern oder ihrem Plus Eins.

Auf der Seite der Alten Völker – und auch wenn Isalynn LeFevre ein Mensch war, zählte sie als Oberhaupt des Hexenreiches persönlich und politisch zu den Alten Völkern – waren alle sieben Herrscher der Reiche zusammen mit ihren Ehepartnern oder ihrem Plus Eins anwesend.

Weder das Tribunal der Alten Völker noch irgendein Mitglied des obersten Gerichtshofes waren bei den

Gesprächen dieser Woche dabei, nur all jene, die an der aktiven Regierungsführung beteiligt waren.

Es waren also vierzehn und vierzehn. Dann war da noch das Sicherheitspersonal, aber dieses wurde im Hinblick auf gefüllte Gläser und Sitzordnung an der Festtafel nicht berücksichtigt.

So groß und stattlich die Villa auch war, sie hatte einfach nicht den Platz oder die Kapazitäten, dieselbe Anzahl Leute wie das Weiße Haus zu tragen, und nach ein paar Diskussionen und Verhandlungen mussten die meisten der Sicherheitsleute draußen warten, obwohl jedem Paar ein Bodyguard erlaubt war, was für die endgültige Zählung nochmal dreizehn weitere Körper bedeutete.

Dragos und Pias Sicherheitsmannschaft wurde bei dieser Zahl nicht berücksichtigt, da ihre Sicherheitsangestellten ebenfalls als Kellner fungierten. Sie schlängelten sich durch die Gäste, boten Häppchen und Wein an und mixten mit höflichem Lächeln und aufmerksamen, freundlichen Augen Drinks. Für diesen Abend waren keine Kosten gescheut worden. Fünfhundert-Dollar-Wein floss wie Wasser und nur Spirituosen von höchster Qualität wurden denen angeboten, die sich entschlossen hatten, teilzunehmen.

Als jemand – Pia hatte nicht mitbekommen, wer – vorschlug, die großen Glastüren zu öffnen und den für die Jahreszeit ungewöhnlich warmen Abend draußen zu genießen, folgte Dragos der Bitte und die Leute strömten hinaus auf die große Terrasse.

In weiser Voraussicht hatte Pia am frühen Nachmittag, als sie sich sicher waren, dass das Wetter halten würde, mit den Angestellten zusammengearbeitet, um Tische gedeckt mit weißen Tischtüchern, frischen Blumenbouquets und Kerzen hinauszustellen. Nachdem die Türen geöffnet worden waren, ging Bayne von Tisch zu Tisch, um die Kerzen anzuzünden, bis die Terrasse und der große gepflegte Garten von Funken warmen, goldenen Lichts erhellt wurden.

Mit Mäßigung an einem Glas französischem Bordeaux nippend, ging Pia ebenfalls umher und nahm kurz an Konversationen mit kleinen Gruppen von Leuten teil, bevor sie zur nächsten ging, während ihr Blick fortwährend umherschweifte, um sicherzugehen, dass jeder seine oder ihre Bedürfnisse erfüllt bekam.

Abgesehen von höflichem Lächeln und der grundlegendsten Begrüßung ignorierte sie die Vizepräsidentin und ihren Mann vollkommen – sie würde die Meinung der Coltons nicht ändern können und sie hatte nicht das Bedürfnis, sich mit ihnen zu beschäftigen. Zum Glück waren sie Dragos' Problem, nicht ihres, und obwohl sie glücklich war, ihn immer mehr bei dem, was er tat, zu unterstützen, würde sie niemals mit ihm tauschen wollen.

Nach der ersten dreiviertel Stunde fing der feste Knoten zwischen ihren Schulterblättern an, sich zu lockern. Die Beziehungen zwischen der Menschheit und den Alten Völkern würden sich vielleicht nach dieser Woche nicht bessern, aber das würde nicht an einem Fehler an diesem Abend liegen.

Das hoffte sie zumindest inständig. Denn, wie Dragos sagen würde, die Nacht ist noch nicht vorbei.

Dann tauchte Gennita, die Küchenchefin, in der offenen Tür auf und sagte diskret in Pias Kopf: *Mylady? Wann hätten Sie gerne, dass wir servieren?*

Wie wäre es in fünfzehn Minuten?, antwortete sie.

Sehr gut. Ich werde die Soufflés nun in den Ofen geben und wir werden bereit sein. Gennita verschwand.

Pia konnte ein hohes, konstantes Brummen in ihren

Ohren hören, was unglaublich nervig war. Sie wusste nicht, ob es von dem Stress oder den Antihistaminika kam, aber sie hatte für beides keine Zeit. Abrupt stellte sie ihr Weinglas auf einem der kleinen Tische ab, drehte sich um und stand Tatiana, der makellosen, schicken und – zumindest für sie – ziemlich beängstigenden Königin der Hellen Fae, von Angesicht zu Angesicht gegenüber.

„Ich habe Dragos immer um dieses Grundstück beneidet", sagte Tatiana zu Pia, an einem Glas Schaumwein nippend. „Dragos hat offensichtlich die richtigen Entscheidungen zur richtigen Zeit getroffen, als er das Land gekauft und den Architekten engagiert hat. Jetzt würde sich der Standort natürlich für mehrere zehn Millionen Dollar verkaufen lassen – nicht, dass er daran interessiert wäre, es zu verkaufen, selbstverständlich. Aber falls dies jemals der Fall sein sollte, nimm zu mir Kontakt auf, würdest du das tun?"

Die Königin der Hellen Fae trug ein rückenfreies Kleid in einem tiefen, schweren Weinrot. Es betonte ihre goldene Haut, ihre kurvenreiche Figur und die dunklen lockigen Haare, die sie hoch an ihrem Hinterkopf auftoupiert hatte. Heimlichtuerische Schatten schienen in ihren schönen, berühmten Augen zu flackern, aber vielleicht war das nur der Effekt der nächtlichen Brise, die über die nahe stehenden Kerzen wehte.

Eigentlich waren es nur zwölf Anwesende auf Seite der Alten Völker, da Tatianas einziger Begleiter an diesem Abend der Kapitän ihrer Wache, Shane Mac Carthaigh, war. Oder war er ihr Plus Eins? Er war zweifellos doppelt im Einsatz an diesem Abend, aber Pia war sich nicht sicher, wie sie ihn gesellschaftlich einstufen sollte.

Die Königin der Hellen Fae zeigte überhaupt kein Anzeichen von Unbehaglichkeit über die Zusammenkunft an diesem Abend, weder in ihrem wunderschönen, gefassten Gesicht, noch in ihrem Duft, wohingegen Pia fühlte, wie Kreise von nasskaltem Schweiß ihr Kleid unter ihren Armen tränkten.

Die andere Frau um ihr sicheres Auftreten beneidend, sagte sie zu Tatiana: „Wir werden dir selbstverständlich Bescheid sagen, falls er sich jemals entscheidet, es zu verkaufen. Ich denke, ich habe meinen Kopf jetzt in jedes Zimmer und jeden Schrank gesteckt, zumindest einmal, und alles ist wunderschön. Die Liebe zum Detail ist überall erkennbar."

„Kann ich mir vorstellen." Tatiana studierte sie. „Du faszinierst mich. Du hast eine sehr interessante Geschichte, die du entschlossen nicht mit der Welt teilen möchtest. Dragos muss etwas sehr Besonderes an einem Pflanzenfresser unbekannter Natur sehen. Ich dachte immer, dass, wenn er sich paart, es mit einem Raubtier sein würde."

Pia warf der anderen Frau einen misstrauischen Blick von der Seite zu. Statt sich höflichen Nettigkeiten hinzugeben, hatte die Königin der Hellen Fae es auf eines der heikelsten Themen der Cuelebres abgesehen.

Statt noch nervöser zu werden, entspannte sich Pia jedoch plötzlich. Sie und Dragos waren in den letzten achtzehn Monaten Fragen wie diesen ausgewichen, und während sie sich dabei am Anfang noch sehr oft ungeschickt angestellt hatte, hatte sie zwangsläufig lernen müssen, sich bei diesem Thema eine dicke Haut zuzulegen.

Sie lächelte Tatiana an. „Weißt du, dass hätte ich auch gedacht, aber es ist lustig, wie die Dinge funktionieren. Apropos, ich wollte dich fragen – ist Captain Shane dein Plus Eins oder dein Bodyguard für den Abend?"

„Muss er das eine oder das andere sein?" Tatianas

lächelnder Blick traf ihren über den Rand ihrer Sektflöte.

"In der Realität natürlich nicht", sagte Pia zu ihr. „Aber wenn es um die Planung des Abendessens geht, ja, dann leider schon. Wird er sich uns am Tisch anschließen?"

„Er könnte das gerne tun, was mich betrifft, aber ich glaube, er würde es vorziehen, Wache zu halten."

Pia neigte dankend ihren Kopf. „Das ist alles, was ich wissen musste. Wenn du mich jetzt entschuldigst, ich muss eine kleine Umstellung am Tisch vornehmen."

„Natürlich", antwortete Tatiana. „Du bist an diesen Abend auch im Einsatz. Übrigens ist alles wunderschön. Ich hoffe wirklich, dass wir irgendwann diese Woche die Möglichkeit haben werden, weiter zu plaudern."

„Das ist sehr nett von dir", sagte Pia zu ihr. Als sie die andere Frau auf der Terrasse zurückließ, murmelte sie lautlos vor sich hin: *Werden wir nicht, nicht, wenn ich da noch ein Wörtchen mitzureden habe.*

Die Königin der Hellen Fae war zu neugierig wegen Dingen, die sie nichts angingen, und sie schien nicht so, als hätte sie irgendwelche Bedenken darüber, diese weiterzuverfolgen. Für den Moment hatte Pia sie abgewehrt, aber sie hatte keine Zweifel, dass Tatiana auf das Thema zurückkommen würde.

Gereizt ging Pia auf die Suche nach jemandem, den sie anhalten und über das Gedeck informieren konnte, aber entweder waren die Kellner draußen mit den Gästen beschäftigt oder das Küchenpersonal hetzte wie verrückt umher, um die letzten Vorbereitungen an den Lachssoufflés vorzunehmen, die als erster Gang serviert werden würden.

Oder, in Pias Fall, ein veganes Spinatsoufflé. Obwohl Pia keine Ahnung hatte, wie man das kocht, gab es so etwas anscheinend.

Nach kurzer Zeit gab sie auf. Es würde schneller und einfacher gehen, wenn sie sich einfach selbst darum kümmerte.

Auf jeden Fall konnte sie ein paar Minuten für sich alleine gebrauchen. Sie fühlte sich müde, abhängig von all dem Kaffee, den sie vorher getrunken hatte, und das Brummen in ihren Ohren trieb sie in den Wahnsinn.

Sie betrat den Speisesaal und blieb stehen, um den langen Tisch zu bewundern, der mit frischen weißen Rosen dekoriert und mit feinem antiken Porzellan, poliertem Silber und kristallgeschliffenen italienischen Gläsern wunderschön gedeckt war. Lange weiße Kerzen würden, kurz bevor die Gäste hereinkamen, angezündet werden.

Nachdem sie hin und her überlegt hatte, welches Gedeck sie wegnehmen sollte, nahm sie auf der Seite, die dem Kücheneingang am Nächsten lag, behutsam ein Gedeck in der Mitte des Tisches weg. Alles — das Kristall, das so dünne Porzellan, dass sie das Licht hindurchscheinen sehen konnte, und das Silber — war aus der Zeit, in der das Gebäude erbaut worden war und in perfektem Zustand. Da es sehr zerbrechlich und unersetzbar war, fasste sie die Teile mit nervöser Sorgfalt an.

Statt die anderen Gedecke weiter zu verteilen und das Gleichgewicht des Tisches zu stören, könnte sie vielleicht etwas Dekoratives für den leeren Platz finden. Vielleicht waren noch mehr der weißen Rosen in der Küche, oder vielleicht eine Kerze.

Verdammt, an dieser Stelle war es ihr egal. Sie würden irgendetwas auf den Platz schmeißen.

Als sie so dastand, ihre Hände voll mit Porzellan, Silberbesteck und Kristall, verlor sie ihren Elan, während ihr Denken wirrer und konfuser wurde.

Es … es gab einen Schrank in der Geschirrkammer …

Nein, diese Geschirrkammer war in ihrem Zuhause im Hinterland von New York. Nicht in diesem Haus.

Sie blinzelte hinunter auf die hübschen, fremden Stücke in ihren Händen. Sie konnte sich nicht daran erinnern, wo was hingehörte.

„Das macht nichts", murmelte sie grimmig, als die Räder in ihrem Kopf zum Stehen kamen und sich weigerten, weiterzulaufen. „Löse das und mach' weiter."

Irgendjemand in der Küche würde wissen, wo das Gedeck hingehörte. Sie konnten sich darum kümmern, wenn sie mit den Soufflés fertig waren. Fürs Erste konnte sie es einfach irgendwo in einen Schrank stopfen.

Es gab keine Schränke in dem Speisesaal, also eilte sie hinaus in den Gang. Dort war ein Wandschrank, in einem Bereich nahe bei der Küche, der einen eingebauten, versteckten Sekretär enthielt, wo der Haushälter in der Vergangenheit die Haushaltsunterlagen aufbewahrt hatte. Zumindest konnte sich ihr müdes Gehirn an so viel erinnern. Das würde vorerst reichen.

Als sie nur noch etwa einen Meter von der geschlossenen Tür entfernt war, roch sie Blut.

Frisches Blut.

Was keinen Sinn machte. Es öffneten und schlossen sich Türen überall im ganzen Haus und das Fleischgericht würde definitiv nicht vor dem dritten Gang serviert werden. Wieso sollte sich in dieser stillen Ecke des Ganges der Geruch von Blut halten?

Das Gedeck sorgsam unter ihren Arm geklemmt, öffnete sie die Schranktür und knipste beim Hineingehen das Licht an.

Oh, also, hier war das frische Blut. Ziemlich viel davon, in einer riesigen Pfütze auf den Boden vergossen.

Es kam von der zerfleischten Kehle von Mr. Colton, dem Ehemann der Vizepräsidentin, der leblos ausgestreckt an der hinteren Wand saß und dessen Kopf weit zur Seite hing. Sein weißes Hemd war mit dem Blut getränkt, das auf dem Boden zusammengelaufen war.

Sie blickte hinunter zu der nassen, klebrigen Blutlache, in der sie stand.

Dann stellte sie das Gedeck behutsam, oh so behutsam auf den schmalen Sekretär.

Mr. Colton sah noch immer überrascht aus. Sie war sich nicht sicher, dass ihre Beine sie noch länger halten würden. Das Brummen in ihren Ohren wurde lauter.

Dragos, sagte sie telepathisch.

Ja? Wo bist du? Seine mentale Stimme klang weit weg. *Ich dachte, du wärst bei uns draußen.*

War ich, sagte sie. *Aber jetzt …*

Wie genau unterbreitete man seinem Ehemann die Nachricht, dass sie in einem Schrank mit dem toten Körper eines ihrer Gäste stand?

Es ist etwas passiert, sagte sie zu ihm. *Du kommst besser rein.*

Kapitel Acht

ICH BIN HIER gerade mitten in einer Sache. Er klang ungeduldig. *Steht das Haus in Flammen?*

Sie dachte darüber nach. Metaphorisch tat es das auf gewisse Weise. Wie einer dieser hinterhältigen Hausbrände, die in einer versteckten Ecke schwelten, aber ihre Leben in, sagen wir mal, der nächsten halben Stunde oder so zerfetzen würden.

Die Welt schwankte und sie griff nach der Rückenlehne des Stuhls, der an den Schreibtisch geschoben war. Sie konnte fühlen, wie Mr. Coltons Blut begann, sich in ihre Schuhe zu saugen.

Sie wollte den Tatort nicht noch mehr verunreinigen, als sie es bereits getan hatte. Sie schluckte schwer, löste einen Fuß aus dem Schuh und machte einen Schritt zurück, hinaus aus dem Abstellraum. Sobald sie die Balance auf ihrem nackten Fuß gefunden hatte, stieg sie aus dem anderen Schuh.

Pia?

Ja, sagte sie zu ihm. *Das Haus steht wirklich in Flammen. Gewissermaßen.*

Im gleichen Moment hörte sie Stimmen von Leuten, die sich näherten.

„… du fragst die falsche Person, um menschliches Verhalten zu erklären, Jered", sagte Niniane. „Pia könnte diese Frage wohl am besten beantworten – sie ist die, die so viele

Jahre als Mensch gelebt hat. Ich bin mir sicher, dass ich sie vor ein paar Minuten gesehen habe, wie sie in diese Richtung ging …"

Oh Götter. Sich widersprechende Impulse machten sich in ihr breit.

Was sollte sie tun?

In den Abstellraum springen und sich verstecken, bis sie weg waren? Nein!

Wo bist du? fragte Dragos. Seine Stimme hatte sich verändert. Sie war nicht mehr ungeduldig, sondern hörte sich angespannt und unabkömmlich an.

Gerade als Niniane, Jered und Tiago um die Ecke bogen, schlug sie die Schranktür zu und eilte ihnen entgegen.

„Hi, Schätzchen", sagte Niniane. Ihr Blick fiel auf Pias Füße und ihre Augenbrauen hoben sich. „Wo sind deine Schuhe?"

Bei dem toten Mann in der Abstellkammer.

„Ich h-hatte einen Unfall." Pia drückte ihre zitternden Hände gegen ihren Bauch.

Jered, ein großer, blonder männlicher Dschinn mit diamantähnlichen Augen, fragte: „Kannst du erklären, wieso wir alle hier sind, um zu reden, wenn ein paar dieser Menschen sich nicht unterhalten wollen?"

PIA, donnerte Dragos in ihrem Kopf und ließ sie zusammenzucken.

Schwankend fauchte sie ihn an: *Schrei mich nicht so an!*

Plötzlich sagte Tiago: „Ich rieche Blut."

Nun, natürlich tat er das. Er hatte einen noch feineren Geruchssinn für solche Dinge als Pia.

„Blut?!" rief Niniane aus.

Es war sinnlos zu versuchen, so etwas Skandalöses kontrollieren zu wollen, aber Pia versuchte es trotzdem. Sie sagte: „Ja, also, da gibt es ein Problem. Ich meine, ich habe ein P-Problem gefunden. Ich nehme nicht an, dass ich irgendjemanden von euch dazu überreden kann, wieder nach draußen zu gehen und alle zu beschäftigen, während Dragos und ich uns darum kümmern?“

Niniane packte sie an den Armen. „Bist du verletzt?“

„Es ist nicht ihr Blut“, mischte sich Tiago ein.

Pia hatte versucht, sich in die Mitte des Flurs zu stellen, um wie eine Absperrung zu fungieren, aber er drängte sich an ihr vorbei. So viel zu ihrem Versuch, etwas Zeit zu gewinnen.

Die Augen schließend, hörte sie zu, wie die Schranktür aufging.

Nach einem kurzen Moment sagte Tiago: „Es ist sein Blut.“

„Wovon redest du da bloß?“ Ninianes Griff fiel von Pias Arm.

Sie drehte sich um und sah zu, wie Niniane und Jered an ihr vorbeisausten. Tiago ging einen Schritt zur Seite und alle drei starrten in die Abstellkammer.

Dragos kam mit einem angespannten Stirnrunzeln um die Ecke. „Wieso hast du mir nicht geantwortet?“, wollte er wissen, wobei er eine Hand auf ihre Schulter sinken ließ. „Wo ist das verdammte Feuer, das nicht warten kann?“

Wortlos zeigte sie den Flur hinunter, wo die drei anderen standen. Als Dragos zu ihnen schaute, zeigte Niniane in die Abstellkammer. Nach einem Moment deuteten Tiago und Jered ebenfalls dorthin.

Pia presste zwischen ihren Zähnen hervor: „Ich werde es lieben, in unserer eigenen Version von Grönland zu leben. Ich wette, es ist friedlich dort. Die Mordrate kann bei Weitem nicht so hoch sein wie in D.C.“

Dragos‘ Hand auf ihrer Schulter verfestigte sich, bevor er

sie sinken ließ. Dann ging er zu den anderen und schaute ebenfalls in den kleinen Raum.

Niniane sagte zu Tiago: „Vor langer Zeit wäre ich viel erschütterter gewesen, als ich es jetzt bin. Ich dachte, wir würden auf dieser Reise eine Pause von solcher Scheiße bekommen."

„Weißt du, als dein Sicherheitschef muss ich dir raten, dass wir jetzt sofort gehen", sagte Tiago zu ihr.

„Wir können nicht gehen!", schrie Niniane. „Das würde so aussehen, als hätten wir etwas zu verbergen."

„Es interessiert mich nicht, wonach das aussieht." Tiago verschränkte seine Arme. „Jemand wurde getötet. Das ist eine Empfehlung wegen deiner Sicherheit."

„Schön." Sie rollte mit den Augen. „Ordnungsgemäß zur Kenntnis genommen."

Dragos' Blick traf Pias. Sein Gesichtsausdruck wirkte ruhig, aber sie erkannte an seinem glühenden, brennenden Blick, dass er tobte.

Plötzlich schien die Entfernung zwischen ihnen zu groß. Sie eilte zu ihm und als sie seine Seite erreichte, legte er seinen Arm um sie.

Er fragte: *Wieso sind deine Schuhe im Schrank?*

Sie zitterte. *Wir hatten ein Gedeck zu viel und ich suchte nach einem Platz, wo ich es verstauen konnte, als ich hineinging und-und ihn fand. Ich wollte nicht überall Blut verteilen oder den Tatort noch mehr verunreinigen, als ich es eh schon getan habe, also bin ich aus ihnen herausgestiegen.*

Er rieb ihren Rücken. „Okay. Jetzt will ich, dass du in den Sicherheitsraum im Keller gehst und dort bleibst. Würdest du das bitte für mich tun?"

Sie schüttelte ihren Kopf. „Nein."

„Das ist eine gute Idee", sagte Tiagos zu Niniane. „Du

könntest auch mitgehen."

Dragos blickte sie finster sie an. „Pia. Der Ehemann der Vizepräsidentin wurde in *unserem Haus* ermordet."

Sie warf ihm einen entnervten Blick zu. „Als wüsste ich das nicht schon! Ich werde nicht hinuntergehen, also stell eine Wache für mich ab, wenn du musst, aber ich werde hier oben bleiben, um zu helfen."

Jered fauchte. „Genug mit der Zankerei darüber, wer wegrennen wird. Du musst den Mörder unverzüglich fassen, bevor all unsere diplomatischen Chancen ruiniert werden."

Dragos fuhr den Dschinn an. „*Ich* muss den Mörder fassen? Das hat nichts mit den Wyr zu tun."

Der Dschinn sah ihn ungläubig an. „Du machst Witze. Die Kehle des Mannes war aufgeschlitzt, so wie es ein Wyr tun würde. Und wie du schon gesagt hast, es ist in deinem Haus passiert. Du bist dafür zuständig. Du bist darin verwickelt, ob es dir gefällt oder nicht. Und andere werden dir die Schuld dafür geben – ebenfalls ob es dir gefällt oder nicht. Verdammt, ich weiß nicht einmal, wer es getan hat, und ich gebe dir die Schuld."

Ein heißer Ausbruch von Zorn schoss durch Pias Adern. Sie fauchte: „Das ist absolut unfair! Niemand von unseren Leuten würde so etwas tun!"

Der Dschinn blickte sie an. „Fairness hat damit nichts zu tun. Der Anschein ist alles." Er wandte sich wieder an Dragos. „Entweder musst du den Mörder schnell finden oder du musst ihn verstecken. Wenn du willst, dass jemand die Leiche beseitigt, kann ich das übernehmen."

„Schwachsinn", murmelte Niniane. „Er ist der *Ehemann der Vizepräsidentin*, Jered. Du kannst die Leiche nicht einfach verschwinden lassen!"

„Das ist eine dumme Unterhaltung", sagte Tiago.

Jered fuhr ihn an. „Ich sehe, dass du dir noch nichts Nützliches hast einfallen lassen."

„*Es reicht*", zischte Dragos. Als sie alle still wurden, sagte er zu den anderen: „Geht. Geht zu den anderen zurück und mischt euch unter die Leute." Als sie zögerten, sagte er zähneknirschend: „Ihr verschwendet wertvolle Zeit."

Niniane berührte Pias Hand und sagte in ihrem Kopf: *Es interessiert mich nicht, wie sehr Dragos knurrt und versucht, alle herumzukommandieren. Wenn du mich brauchst, ruf mich und ich werde kommen.*

Danke. Pia drückte kurz ihre Finger.

Niniane wollte noch bleiben, bis Tiago sie wegzog. Er sagte zu ihr: „Lass uns gehen. Und du wirst auf keinen Fall meine Seite verlassen, Fee, um nichts auf der Welt. Das bedeutet, dass du dich keine zwei Schritte von mir wegbewegst."

„Oh, pffft", rief Niniane, als sie mit ihm wegging.

„Ich denke, dass du einen Fehler machst, die Leiche nicht loswerden zu wollen", sagte Jered. Mit diesem letzten Wort stiefelte er dem Paar hinterher.

„Für so ein intelligentes Volk sind die Dschinn manchmal bemerkenswert naiv", murmelte Dragos. Er wandte seine Aufmerksamkeit wieder Pia zu. „Bayne ist auf dem Weg. Wie lange haben wir noch, bis das Abendessen serviert werden soll?"

Rasch rechnend sagte sie: „Nicht lange. Vielleicht fünf oder sechs Minuten. Gennita hat vor kurzem nochmal bei mir nachgefragt und ich sagte ihr fünfzehn Minuten. Das war, als ich ging, um das extra Gedeck vom Tisch zu nehmen und-und-und–"

Es schien, als würden die Worte in ihrer Kehle stecken, als sich die Zahnräder in ihrem Gehirn wieder festfraßen.

Mit einem scharfen, fragenden Blick legte Dragos wieder eine stärkende Hand in ihren Rücken, gleich über dem angespannten Knoten zwischen ihren Schulterblättern. Dankbar für seine stille Berührung schaffte sie es, mit dem Stottern aufzuhören.

Bayne kam um die Ecke und auf sie zu. Sein großer Körper war eine elegante, schnelle Maschine. Er vergeudete keine Zeit damit, Fragen zu stellen, als er sie erreichte. Stattdessen schweiften seine harten, haselnussbraunen Augen schnell über den Schauplatz und nahmen alles auf, bevor er sich Dragos zuwendete.

Pia war es gewohnt, Bayne in einer entspannten Haltung lächeln zu sehen, wobei er normalerweise die Händen in seine Jeanstaschen gesteckt hatte. Es irritierte sie jedes Mal, wenn die Wächter einen inneren Schalter in ihren Köpfen umlegten und in den Kampfmodus wechselten.

Dragos sagte zu ihm: „Beschütze Pia. Folge ihr überall hin, egal was passiert.“

„Verstanden“, sagte Bayne.

Bevor Pia erwähnen konnte, dass Eva eine perfekt angemessene Wache war, vielen Dank, fügte Dragos hinzu: „Und Bayne? Falls nötig, flieg sie aus D.C. und hör nicht auf zu fliegen, bis ihr beide zurück im Tower seid.“

Das war also der Grund, wieso Dragos wollte, dass Bayne sie beschützte, nicht Eva. Eva war eine hoch ausgebildete, effektive Kämpferin, aber ihre Wyr-Gestalt war hündisch. Bayne konnte nicht nur fliegen, sondern hatte auch die Kraft, Pia im Flug zu tragen.

„Verstanden.“ Bayne wandte seinen harten Blick Pia zu und sein Gesichtsausdruck erweichte etwas, als er ihren Körper hinunter auf ihre nackten, beschmutzten Füße sah.

Pia wollte beide Männer wütend anfauchen, weil sie

dachten, sie könnten ohne ihren Beitrag über ihr Schicksal entscheiden, aber sie schaffte es, sich zusammenzureißen, bevor sie irgendetwas sagte, was sie später hätte bereuen können.

Sie dachte gerade nicht sehr rational und sie wusste, dass Dragos das ebenfalls nicht tat. Er hatte eine Leiche gesehen und war in einen überbeschützerischen Modus gewechselt und nichts würde ihn wieder beruhigen, bis er der Meinung war, dass er ein gewisses Maß an Kontrolle über die Situation erlangt hatte.

Da war dieses Prinzip wieder – Kontrolle über die Situation. Ihr Blick wanderte erneut zu dem toten Mr. Colton und sie brach beinahe in hysterisches Gelächter aus. Als würde es irgendjemandem helfen, wenn sie einen hysterischen Anfall bekäme. Sie schaffte es, auch diesen Impuls hinunterzuschlucken.

Dragos blickte sie mit seinen weißglühenden goldenen Augen an. Er sagte: „Verzögere das Dinner, so lange du kannst. Los."

Sie nickte. „Verstanden."

Mit Bayne dicht hinter ihr rannte sie barfuß in die Küche, wo hektisches Treiben herrschte. Das Küchenpersonal war damit beschäftigt, den zweiten Gang vorzubereiten, der auf das Lachssoufflé folgen würde, zarte gegrillte Endiviensalate mit feinen gereiften Parmesanspänen, garniert mit einem Fächer aus hauchdünnem Parmaschinken.

Sie versuchte nicht, alle zu übertönen. Stattdessen sagte sie telepathisch, *Gennita, wir müssen das Abendessen um mindestens eine weitere halbe Stunde verzögern. Länger, wenn möglich.*

Die Köchin drehte sich zu ihr und ihre Augen weiteten sich schockiert. *Wir können das Abendessen nicht verzögern! Die Soufflés sind beinahe fertig!*

Normalerweise würde sie sanfter mit Gennitas verletzten Gefühlen umgehen, aber jetzt hatte sie nicht die emotionale oder physische Zeit dafür. Erbittert sagte sie zu der anderen Frau: *Wir haben gerade viel größere Probleme als die Soufflés. Bring noch eine Runde Horsd'oeuvres nach draußen, so schnell du kannst.*

Aber die sind bereits alle weg! Gennita bebte sichtlich.

Pia schmiss ihre Hände hoch. *Dann schick die Salate los! Schick irgendetwas raus, zusammen mit mehr Alkohol. Sehr, sehr viel Alkohol.*

Gennita fuhr ihre Angestellten an und begann, in gereiztem Ton Befehle zu geben.

Als Pia sich zu Bayne drehte, schlüpfte Eva in die Küche, erblickte sie und kam herüber. „Wann wirst du ankündigen, dass es Zeit wird, für das Abendessen hinein zu gehen?"

„Das werde ich nicht tun", sagte sie eisern. „Lauf nach oben und hol mir ein paar Schuhe."

Eva starrte auf ihre nackten Füße. „Was ist mit denen passiert, die du getragen hast?"

„Später", sagte sie zu Eva.

„Aber du hast nur ein Paar dabei, das zu dem Outfit passt. Welche willst du?"

„Ist mir egal!", schrie sie. „Schuhe, hol mir Schuhe. Dunkle, die niemandem auffallen."

Daraufhin schien es, als hätte Eva die Tatsache verstanden, dass etwas furchtbar schiefgelaufen war, denn ihr Gesichtsausdruck wurde angespannt und konzentriert, sodass er dem Baynes sehr ähnlich sah.

„Ich brauche ebenfalls Alkohol", sagte Pia zu Bayne. Sie meinte es dringend.

Er nahm sie beim Wort, schritt hinüber zur Theke, auf der die Spirituosen standen, riss sich eine Flasche Cognac unter den Nagel und gab sie ihr.

Sie nahm einen langen Schluck, hustete und gab sie ihm zurück. Auch er trank davon.

Gennita eilte zu ihr, ihre weiten Augen voller Tränen. „Was soll ich mit den Soufflés machen?"

Pias Blick wurde verschwommen. Sie starrte einen Augenblick in den Raum. Dann sagte sie: „Verbrenne sie."

Der Gesichtsausdruck der Köchin bebte. „Sie sind mit geräuchertem Balik Fillet Tsar Nikolaj Lachs gemacht. Der kostet $360 das Pfund. Wir können sie nicht einfach verbrennen."

„Doch, das können wir." Sich an der anderen Frau vorbeidrängend, eilte sie zu den Öfen hinüber und stellte sie auf die höchste Stufe.

Gennita folgte ihr. „Was machen Sie denn da?!"

Pia presste zwischen ihren Zähnen hervor: „Es sind zu viele Gäste mit sensiblen Nasen hier. Wir brauchen den Geruch von etwas Verbranntem in der Luft. Und ich muss die Wahrheit sagen können, wenn ich dort hinausgehe und sage, dass wir einen kleinen Unfall in der Küche hatten und das Abendessen ein bisschen später serviert wird, als wir dachten."

„Das würde in echt nie passieren", murmelte Gennita. „Nicht in meiner Küche."

„Niemand außer den Wyr weiß das", sagte Pia. „Glaube ich zumindest."

Bayne ließ den Cognac fallen und die Flasche zerbrach am Boden. Alle hielten in ihrer Tätigkeit inne und starrten ihn an.

Er sagte: „Ups. Unfall."

Eva kehrte in die Küche zurück und hatte schwarze Pumps mit hohen Absätzen dabei. Pia schnappte sie sich und schlüpfte hinein. Sie befahl Eva: „Finde Dragos. Mach, was immer er dir sagt."

„Aber ..." Die andere Frau stockte. Normalerweise beschützte Eva Pia, egal was passierte. Deutlich verwirrt sah sie von Pia zu Bayne.

„Wir tauschen heute Abend die Rollen", sagte Bayne zu ihr. „Geh."

Eva schoss wieder aus der Küche.

Pia schnappte sich eine zufällige andere Flasche aus der Ansammlung von Hochprozentigem und nahm einen ordentlichen Schluck daraus. Die zwei Schlucke Alkohol schienen das Summen in ihren Ohren verschwinden zu lassen, bis ihr schwindlig wurde und sich ihr Kopf anfühlte, als wäre er mit Watte vollgestopft.

Der erste schwache Hauch eines beißenden Geruchs erfüllte die Küche.

„Okay", flüsterte sie. „Okay."

Sie wartete noch eine Minute, bis der beißende Geruch stärker wurde, und schritt dann, gefolgt von Bayne, mit einem großen entschuldigenden Lächeln hinaus, um ihren mächtigen, intelligenten und nicht gänzlich freundlichen Gästen gegenüberzutreten.

✧ ✧ ✧

DRAGOS WUSSTE NICHT, wie Pia das Ganze aufschieben wollte und es war ihm egal. Er wusste nur, dass sie es hinkriegen würde.

Dieses Problem aus seinen Gedanken verbannend, konzentrierte er sich auf das Problem vor ihm.

Problem gleich Leiche, natürlich.

Eine Hand am Türeingang abstützend, lehnte er sich ohne hineinzutreten in die Abstellkammer und inspizierte Colton. Das war einfacher, jetzt, da er alleine und nicht durch die anderen abgelenkt war.

Kein bisschen verstört von der unvorhergesehenen Leiche trat der Drache in seinem Kopf wieder an die Oberfläche und vermerkte Details.

Er verzeichnete einen schwachen Hauch alter Gerüche, welche er zusammen mit dem Geruch von gealtertem Holz beiseitelegte. Die einzigen neuen Gerüche in der Abstellkammer waren Pia und, natürlich, das massenhafte Blut von Colton, zusammen mit einem schwachen Hauch von chemischem Gestank.

Colton trug wieder Geruchsbeseitiger, genau wie seine Frau. Dragos hatte ihn sofort zur Kenntnis genommen, als die Coltons das Haus betreten hatten. Er hatte ebenfalls jeden anderen lächelnden Gast vermerkt, der ihn trug.

Alle von ihnen waren seine Feinde. Sie wussten es.

Er wusste es.

Und einer von ihnen hatte einen Mann in seinem Haus ermordet.

Sich noch immer in die Abstellkammer beugend, griff er nach dem Stift in seiner Brusttasche. Mit dessen Spitze untersuchte er die tödliche Verletzung an Coltons Hals. Es gab fünf Wunden, vier auf der einen Seite und eine auf der anderen. Wie Jered so anstößig darauf hingewiesen hatte, sah es zumindest oberflächlich so aus, als hätte ihn ein Wyr getötet.

Dragos war vertraut mit dem üblichen Muster. Die Art der Wunden erinnerten an einen Wyr, der jemandem die Kehle mit seinen Krallen herausriss. Er hatte es über die Jahrhunderte selbst schon ein paar Mal getan, aber wenn es eine Sache gab, für die er in diesem Moment sein Leben verbürgen würde, war es, dass kein anwesender Wyr ihn *jemals* in seinem eigenen Haus betrügen würde. Alle auf dieser Reise waren handverlesen, entweder von Bayne oder von ihm selbst.

Nur die höchstqualifizierten und loyalsten Wyr waren ausgewählt worden.

Jemand, der den Geruchsbeseitiger trug, hatte also nicht nur Colton getötet, sondern es irgendwie auch so aussehen lassen, als hätte ein Wyr den Mord begangen. Es war alles sehr sorgfältig geplant worden. Bayne hatte die winzigen Überwachungskameras in jedem Raum installiert, aber nicht in den Gängen und natürlich nicht in einer der Abstellkammern. Der Killer hatte Colton in einem der toten Winkel ermordet.

Mit zusammengekniffenen Augen bohrte er tiefer in eine der Wunden. Das Fleisch an den beiden Rändern des Schnitts fiel sauber auseinander. Die Wunden waren beinahe chirurgisch präzise. Die Klingen waren sehr scharf gewesen.

Trotzdem wäre das Blut herausgespritzt, bis Coltons Herz stehen blieb. Wie hatte es der Mörder -oder die Mörderin – geschafft, kein Blut abzubekommen?

Er sah genauer auf den Bereich um den Körper, auf den Schrankboden und unter den Schreibtisch. Dort entdeckte er einen billigen Taschen-Regenponcho hinter den Stuhl gestopft. Er machte sich nicht die Mühe, ihn herauszuziehen. Denn er wusste bereits, dass er ihn mit Blut vollgespritzt vorfinden würde.

Er hörte nahende Schritte im Gang.

Sir, sagte Eva in seinem Kopf. *Ich soll Ihnen bei allem helfen, was Sie brauchen.*

Es war klug von Eva, telepathisch mit ihm zu reden, bevor sie versuchte, sich ihm von hinten zu nähern. Er trat von der Leiche zurück und richtete sich auf, um sich zu ihr zu drehen.

Zwei Dinge, sagte er. *Erstens, die Security soll das Haus von oben bis unten durchsuchen, und beeile dich. Wir suchen nach einer Waffe, etwas wie ein Handschuh mit Rasierklingen an den Fingerspitzen und*

Daumen. Wenn ihr etwas gefunden habt, lass es mich wissen. Ich will, dass Fotos gemacht werden. Niemand sollte etwas bewegen oder mit bloßen Händen anfassen.

Auf den Fußballen stehend, sah Eva ernüchtert und angespannt aus und bereit loszurennen, sobald er damit fertig war, Befehle zu erteilen.

Zweitens, sagte er zu ihr. *Mache eine Liste der Leute, die am nächsten zu diesem Ort von den Überwachungskameras verschwunden sind, von der Zeit, als die Gäste eingetroffen sind bis —* er sah auf seine Uhr — *ungefähr vor fünf Minuten, als Pia diesen Gang hinuntergegangen ist. Sag ihnen, sie sollen sich beeilen. Ich will eine Liste möglicher Verdächtiger in den nächsten fünfzehn Minuten.*

Ja, Sir. Sie flitzte los.

In der Entfernung nahm sein scharfes Gehör Pias Stimme draußen wahr, gefolgt von etwas, was sich nach einem freundlichen Gelächter anhörte. Beinahe zur gleichen Zeit bemerkte er einen beißenden Geruch, wie von verbranntem Essen, und er lachte vor sich hin. Sie hatte dieses Problem glänzend gemeistert.

Falls er nicht schon zuvor vermisst wurde, würde Colton definitiv vermisst werden, wenn das Abendessen angekündigt wurde. Dragos musste sich einen Schlachtplan einfallen lassen, denn jeder Moment war im Augenblick entscheidend.

Als er zu einer Lösung gekommen war, schloss er die Tür, glättete seine Ärmel und schritt die Halle hinunter. *Pia, bitte den Präsidenten bitte leise darum, mich in der Bibliothek zu treffen.*

Okay. Ihre mentale Stimme klang angespannt. *Unsere Zeit wurde soeben verkürzt. Vizepräsidentin Colton hat angefangen, nach ihrem Mann zu suchen.*

Das musste früher oder später passieren, sagte er zu ihr. *Übrigens, welches frische Fleisch haben wir in der Küche?*

Sag mir nicht, dass du Hunger hast.

Sie hatte sich vorher so erschüttert verhalten, er war froh, einen Anflug von schwarzem Humor in ihrer Stimme zu hören. *Nein*, sagte er. *Aber ich würde gerne wissen, ob es ein sehr großes Stück von irgendetwas gibt, ein Braten vielleicht, oder das Bein eines Lamms. Sogar ein Truthahn würde reichen. Was auch immer es ist, es darf nicht gefroren sein. Falls wir irgendetwas haben, brauche ich es ebenfalls in der Bibliothek.*

Ich werde nachsehen und dann gehen, um mit dem Präsidenten zu sprechen.

Danke. Er pausierte für einen winzigen Augenblick. *Alles wird gut werden. Sogar wenn wir das nicht in Ordnung kriegen, wird es uns gut gehen.*

Ihre Stimme wurde wärmer. *Das weiß ich. Ich liebe dich.*

Ich liebe dich auch, sagte er zu ihr.

Er bemerkte, dass er ihr das nicht oft genug sagte. Sie beschwerte sich nie oder wirkte dadurch verletzt, aber er nahm sich trotzdem vor, es ihr öfter zu sagen. Er versuchte, ihr zu zeigen, wie er für sie fühlte, aber sie verdiente auch die Worte.

Nachdem er die Bibliothek betreten hatte, schenkte er sich selbst einen Scotch ein, nahm Platz, kreuzte seine Beine und wartete.

Kurz darauf kam einer der Küchenangestellten eilig mit einem Brett auf den Armen herein, auf dem ein großes, unregelmäßig geformtes Objekt in Fleischpapier gewickelt lag. Dragos' Befehlen folgend, stellte er das Brett auf einen runden Chippendale-Tisch und verschwand.

Innerhalb von ein paar Minuten hörte er Pia und Johnson plaudernd näherkommen. Sie gingen in die Bibliothek, Bayne und der Bodyguard des Präsidenten folgten hinter ihnen.

„Ihr zwei", sagte Dragos zu Bayne und dem Mann des Präsidenten. „Wartet draußen."

Der Secret Service Agent sah zum Präsidenten, welcher ihm zunickte. Erst dann verließ er mit Bayne den Raum.

Dragos fügte telepathisch in Baynes Kopf hinzu: *Sperr den Bereich im Gang, wo die Leiche ist, ab. Und niemand betritt diesen Raum, wenn ich es nicht sage. Hörst du? Ich meine unter allen Umständen, niemand kommt hier herein, und ich nehme an, dass die Dinge dort draußen bald sehr unangenehm werden.*

Verstanden, sagte Bayne, als er sich aus dem Raum zurückzog und die Doppeltüren zum Gang schloss. *Niemand kommt hinein, nicht einmal dieser nette, engagierte Soldat, der gerade hier bei mir steht, obwohl ich bei den Göttern hoffe, dass ich ihn nicht erschießen muss. Ich werde George mit uns Wache stehen lassen.*

George war Teil von Baynes Sicherheitseinheit, ein massiver, unbekümmerter Mann, der ein seltener Wyr-Elefant war. Stark und dickköpfig wie ein Troll, würde George niemanden durch die Tür lassen, außer Dragos sagte, dass es in Ordnung ging.

Sehr gut, sagte Dragos. Gemächlich stand er auf. „Danke fürs Kommen, Ben. Kann ich Ihnen einen Drink einschenken?"

Der Präsident lachte. „Sie waren sehr großzügig mit dem Alkohol heute Abend, Dragos. Ich denke, ich verzichte auf jeglichen weiteren, bevor wir etwas zu Abend gegessen haben."

„Wegen des Abendessens", sagte Dragos.

Während er sprach, ging er zu dem Tablett mit Alkohol, goss sich seinen Drink nach und schenkte einen zweiten Scotch für den Präsidenten ein. Mit einem kurzen Blick zu Pia hob er fragend die Augenbrauen. Sie sah wieder angespannt aus und sehr blass. Dunkle Flecken von fieberhaftem Rot färbten ihre Wangen. Ihre Finger ineinander verflechtend, schüttelte sie ihren Kopf.

Johnson lachte erneut, nur dass er sich diesmal unbehaglicher anhörte. Er schaute zwischen Dragos und Pia hin und her. „Sagen Sie mir nicht, dass es noch einen Küchenunfall gegeben hat."

„Nein, hat es nicht." Dragos drehte sich, beide Drinks haltend, zum Präsidenten um. „Ich werde Sie um eine Sache bitten – nur eine, aber es wird eine kurze Zeit hart für Sie werden."

„Was ist es?" Präsident Johnsons intelligenter Gesichtsausdruck war verschlossen und misstrauisch geworden.

Dragos ging zu ihm hinüber und hielt ihm einen Scotch hin. „Wir müssen eine offene, schwierige Unterhaltung führen, Sie und ich. Und was auch immer Sie denken mögen, oder wie auch immer Sie reagieren werden, während wir uns unterhalten, Sie müssen mich ausreden lassen."

Kapitel Neun

J OHNSON SUCHTE SEINEN Blick und drehte sich dann zu Pia, um ihr ängstliches Aussehen zu studieren. Sein Blick fiel auf ihre verschränkten Finger. „Okay", sagte er nur und streckte eine Hand aus, um den Scotch entgegenzunehmen. „Ich glaube, dass wir einen zivilisierten Diskurs haben können. Also, um was geht es?"

Jetzt geht's los, dachte Dragos. Er blickte Pia an, als er sagte: „In den letzten eineinhalb Stunden hat einer ihrer Menschen den Ehemann der Vizepräsidentin umgebracht, und man hat versucht, es so aussehen zu lassen, als hätte es ein Wyr getan."

Johnsons Augen verengten sich und sein Körper versteifte sich. „Ermordet – Victor ist *tot*?"

„Sehr tot", sagte Dragos unverblümt. Er nahm einen Schluck Scotch. „Seine Leiche ist in einem Wandschrank im Gang. Der Mörder hat eine Art Handschuh benutzt, an dessen Fingerspitzen und Daumen entweder Rasierklingen oder Messer angebracht wurden. Meine Angestellten suchen gerade nach der Mordwaffe. Die Bewegung war ein nach innen gerichtetes Aufschlitzen, als ob der Mörder Coltons Kehle mit einer Hand gepackt hätte, nur dass er, anstatt ihn zu erwürgen, die Finger geschlossen und daran gezerrt hat. Die Halsschlagadern auf beiden Seiten von Coltons Kehle wurden durchgeschnitten. Er blutete innerhalb von höchstens neunzig

Sekunden aus."

Außerhalb der Bibliothek hörten sie jemanden rufen. Dragos konnte die Stimme der Vizepräsidentin in der Ferne *Haben Sie Victor gesehen?* fragen hören.

Dragos ignorierte sie.

Johnson blieb stehen, wo er war, seine große, vornehme Figur zitterte als Reaktion, sein Gesichtsausdruck glühte vor Schock und Entrüstung. „Victor ist tot und Sie behaupten, dass ein Mensch dafür verantwortlich ist?!"

„Es ist eine Tatsache, Ben"; sagte Dragos. „Ich kann es beweisen."

Dragos wandte sich um und ging zu dem Schreibtisch, stellte seinen Scotch ab und begann, das große Stück Fleisch auf dem Brett auszupacken. Als er das Paket geöffnet hatte, stellte er fest, dass es das Bein eines Lammes war, schön mit einer dünnen weißen Schicht Fett überzogen. Ausgezeichnet. Das Fett würde jeden Kratzer aufzeigen.

Pia ging, um sich mit einem Plumps auf das eine Ende des Sofas fallen zu lassen. Sie und Johnson sahen Dragos zu, ihre Gesichter waren gleichermaßen Ausdruck von Faszination und Abscheu.

„Der Mörder war geschickt", sagte Dragos zu ihnen. „Er hatte eine Menge Planung in den Mord investiert. Er hat die Sicherheitskameras umgangen und eine Mordwaffe erschaffen, welche die Fähigkeiten eines Wyr simulieren sollte. Aber er war auch dumm. Die Mordwaffe war nicht den Krallen eines Wyr nachempfunden. Der Griff eines Wyr ist stärker als der eines Menschen. Vielleicht war er besorgt, keinen Todesstoß ausüben zu können. Wenn ich er wäre, hätte ich sichergehen wollen, dass ich die Halsschlagadern durchtrennen kann, also hätte ich mich darauf konzentriert, dafür zu sorgen, dass meine Klingen sehr scharf waren. Das hat er getan. Jetzt seht genau hin – so sehen meine Krallen aus."

Als Johnson und Pia hinstarrten, streckte er eine Hand aus und machte die leichte Bewegung, die seine Krallen ausfahren ließ. Die Finger spreizend, hielt er sie hoch, sodass die anderen sie sehen konnten.

Johnson sagte: „Ich habe das noch nie in echt gesehen."

„Das haben die meisten Menschen noch nicht", sagte Dragos zu ihm.

Der Präsident schaute zu Pia. „Haben Sie auch solche Krallen?"

Sie schüttelte mit einem angespannt aussehenden Lächeln den Kopf. „Nur Raubtier-Wyr haben solche Krallen. Ich bin ein Pflanzenfresser. Ich habe nicht das Wesen oder den Charakter dafür."

„Sie sind vollkommen sicher, Ben", sagte Dragos zu dem Präsidenten. „Sie können näher kommen, wenn Sie möchten. Sehen Sie, wie die Krallen geformt sind?"

Johnsons Faszination war stärker als sein Schock und seine Entrüstung und er machte ein paar Schritte auf Dragos zu. „Sie sind gekrümmt und formen einen leichten Winkel von den Fingerkuppen bis zu ihrer Spitze."

„Genau. Sie sind extrem scharf, aber sie sind auch natürlich. Sie sind aus einem harten Protein namens Keratin – was bedeutet, dass sie nicht einheitlich sind, nicht wie es eine hergestellte Klinge ist. Sehen Sie was passiert, wenn ich eine Wunde erzeuge, wie die, die Colton getötet hat."

Dragos schlug seine Krallen in das Bein des Lammes und packte zu. Er musste das Fleisch mit einer Hand am Brett festhalten, während er mit der anderen seinen Griff verstärkte und zog. Das Fleisch riss unter seinen Krallen. Johnson und Pia zuckten beide zurück, aber als er fertig war, kamen sie näher, um auf das zu starren, was auf dem Brett lag.

Dragos wich von dem Lamm zurück, um ihnen etwas Raum zu geben und ließ seine Krallen einfahren, während er ein Taschentuch herauszog und seine Hände abwischte. Es wurde laut draußen. Fragen wurden gestellt, zusammen mit Forderungen.

Sich auf seine kleine Aufgabe konzentrierend, sagte er: „Dieses Fleisch war im Kühlschrank, weshalb es ein bisschen steif ist, aber es wird Ihnen trotzdem zeigen, was Sie sehen sollten. Wenn Sie die Kratzer, die ich gerade gemacht habe, genau betrachten, sehen Sie, dass sie ein bisschen eingerissen sind. Die Kanten sind zackig. Es ist schwer, jemanden so zu töten. Es ist chaotisch. Höchstwahrscheinlich würde man dabei Fleischstücke herausreißen." Er sah auf und traf Johnsons scharfen Blick. „Coltons Wunden sehen nicht so aus, Ben. Sie sind chirurgisch. Die Kanten der Schnitte sind scharf. Sie wurden durch Klingen verursacht, nicht durch Krallen."

„Wieso sagen Sie mir das, jetzt?", fragte Johnson. Sein Schock und seine Angst waren verschwunden und er studierte Dragos mit verschränkten Armen.

„Weil dies das einzige Beweisstück ist, das ich habe, und es für Sie am überzeugendsten sein wird", sagte Dragos zu ihm. „Der Mörder mochte vielleicht geschickt gewesen sein, aber außer dass er dumm ist, war er auch engstirnig und beleidigend. Er glaubte, dass alle, die Colton sehen, als Erstes denken würden, dass er von einem Wyr getötet wurde. In meinem Haus, Ben. Mit meinen handverlesenen Angestellten, meinen höchst ausgebildeten und verlässlichen Sicherheitsleuten. *In Anwesenheit meiner Frau.* Er dachte, dass jeder die *Wyr* für so dumm halten würde. Und er hat die Tatsache ignoriert, dass keiner von uns irgendein Motiv für die Tat hat."

Erst dann zeigte Dragos seine Wut. Pia schluckte hart und Johnsons Blick flackerte, aber er zuckte nicht zusammen oder wich zurück, wie er es vor ein paar Monaten getan hatte.

Ein Klopfen ertönte an der Tür und ein Mann rief: „Mr. President, geht es Ihnen gut? Die First Lady fragt nach Ihnen."

Johnson hob seine Stimme. Er klang stark und sicher. „Ja, Brock. Wir sind hier drinnen alle in Sicherheit. Ich werde es Sie wissen lassen, wenn ich fertig bin."

„Sehr wohl, Sir."

Johnson sagte zu Dragos: „Die Wunden sind also die überzeugendsten Beweisstücke, sagten Sie. Welche Beweise haben Sie sonst noch?"

„Außer Coltons Blut und Pias Duft – sie war übrigens diejenige, die ihn gefunden hat – waren dort keine anderen Geruchsspuren. Der Mörder trug Geruchsbeseitiger. Nur Hirschjäger tragen den Duftblocker oder kriminelle Wyr – und jetzt trägt ihn natürlich jeder, der in die Recht-auf-Privatsphäre-Bewegung involviert ist." Dragos lächelte ihn zynisch an. „Aber nur die Wyr würden das wissen oder könnten diese Behauptung anstellen und niemand würde zuhören, wenn wir die Tatverdächtigen wären. Und die einzigen Leute, die hier heute Abend Geruchsbeseitiger tragen, sind menschlich. Ihr Mörder ist einer der Menschen."

Johnson holte scharf Luft. „Haben Sie irgendeine Ahnung, wer der Mörder sein könnte?"

Dragos schüttelte seinen Kopf. „Nein, und es interessiert mich nicht. Zuerst habe ich gedacht, dass es meine Aufgabe wäre, den Mörder zu finden, bevor der Mord an Colton entdeckt wird, aber dann habe ich realisiert – das ist nicht mein Problem. Ich bin beleidigt, dass der Mörder das in meinem Haus getan hat, und ich bin verärgert, aber das ist ein menschliches Problem. Und die Tatsache, dass es in der einen Woche passiert ist, in der die Menschen und die Alten Völker sich aktiv darum bemühen, eine gute Beziehung beizubehalten, ist beunruhigend. Abgesehen davon, was auch immer der Mörder gegen Colton hatte, jemand will nicht, dass wir uns verstehen, Ben."

„Mein Gott, was für ein verdammtes Durcheinander", murmelte Johnson. Er rieb sein Gesicht und blickte über seine Fingerspitzen zu Dragos. „Okay, ich glaube Ihnen."

Dragos entspannte sich etwas. „Danke", sagte er. „Ich weiß das zu schätzen. Meine Angestellten haben nach der Mordwaffe gesucht, aber sie haben die Anweisung, nur Fotos zu machen und nichts durcheinander zu bringen, falls sie sie finden. Und meine Sicherheitsleute haben die Aufnahmen davon durchgesehen, wer aus dem Blickwinkel der Kameras, die in den Räumen angebracht sind, zu der Zeit des Mordes verschwunden ist."

„Ich brauche diese Liste", sagte Johnson. „Zusammen mit dem Filmmaterial der Aufzeichnungen, um sie zu belegen." Sein düsterer Ausdruck wurde sauer. „Und ich würde eine Liste von allen Leuten zu schätzen wissen, die hierhergekommen sind und einen Duftblocker getragen haben. Bisher habe ich die Recht-auf-Privatsphäre-Bewegung ignoriert, da ich dachte, sie würde sich wieder auflösen, wenn wir erst einmal eine bessere Basis geschaffen haben, aber jetzt nicht mehr."

Johnson mochte sich vielleicht den Luxus geleistet haben, das alles bis jetzt zu ignorieren, doch Dragos würde nichts, was mit der Recht-auf-Privatsphäre-Bewegung zu tun hatte, ignorieren. Eigentlich plante er, gründliche Nachforschungen gegen sie anstellen und umfassende Dossiers über jede bedeutende involvierte Person erstellen zu lassen.

„Natürlich", sagte Dragos zu ihm. „Sie werden die

komplette Liste mit jedem, den ich notiert habe, bekommen, sodass Sie sie mit der Auswahlliste, zusammengestellt aus den Sicherheitsaufnahmen, vergleichen können. Ihr Mörder wird einer der Menschen auf der Auswahlliste sein. Und selbstverständlich werden wir unser Haus für eine gründliche Ermittlung durch Ihre Leute öffnen."

„Danke." Johnson trat vor und streckte seine Hand aus. Dragos schüttelte sie. „Und danke für Ihr ruhiges und prägnantes Handeln und für Ihre Hilfe, während die Behörden diese Angelegenheit lösen."

„Keine Ursache", sagte Dragos zu ihm. Als Johnson Anstalten machte, seine Hand wegzuziehen, behielt Dragos seinen Griff bei, bis der andere Mann seinen Blick traf. „Es ist mir wichtig, dass wir Verbündete bleiben, Ben, so wie es auch für jedes andere Oberhaupt der Reiche wichtig ist, was der Grund ist, weshalb wir alle gekommen sind. Aber machen Sie keinen Fehler – wir sind nicht hier, weil wir uns entschuldigen wollen. Wir sind hier, weil wir wegen der Gewalt der Alten Völker besorgt sind, so wie wir auch wegen der menschlichen Missbräuche und Gewalt besorgt sind – wegen der Hunderten von Menschen, die in Schulen und Kinos erschossen wurden und wegen der Tausenden, die durch Terrorattacken getötet wurden. Wegen Gewalt gegen die Polizei und Polizeibrutalität, und wegen der Tragödie, die in Devil's Gate passiert ist. Wir sind gewillt, mit euch als Partner zusammenzuarbeiten, um diese Vorfälle zu verringern, aber keiner von uns ist bereit, den Sündenbock zu spielen."

Die Miene des Präsidenten versteinerte sich, aber er nickte Dragos kurz zu. „Verstanden."

Als Dragos die Hand des anderen Mannes losließ, sprach Pia zum ersten Mal seit einer langen Zeit telepathisch. Sanft sagte sie in seinem Kopf: *Du bist sexy, wenn du prägnant und autoritär bist.*

Der Drache in seinem Kopf war nicht verschwunden und brüstete sich mit dem Kompliment seiner Gefährtin. Er warf ihr ein schiefes Lächeln zu, als er ihr sagte: *Ich wusste nicht, wie die Unterhaltung verlaufen würde oder wie schwer sie werden könnte. Alles, was ich wusste, war, dass wir diesen Raum als Verbündete verlassen mussten, aber Johnson musste noch etwas wissen — die Alten Völker werden nicht seine Sklaven sein, nur weil ein paar Menschen sich entschieden haben auszurasten.*

Das ist mein Drachen-Politiker, den ich kenne und so sehr liebe, summte sie.

Er lachte gütig. Sie sahen zu, wie Johnson seine Schultern straffte, zu den Doppeltüren ging und sie aufriss.

Eine laute Gruppe von Gästen hatte sich draußen im Gang versammelt. Stürmischer Lärm drang in den Raum, als alle gleichzeitig zu reden oder zu schreien versuchten. Der Präsident schritt vorwärts und hob seine Stimme, um sie anzusprechen.

Pia verdrehte die Augen und sagte: *Ich kann nicht einmal mit diesem ganzen Drama umgehen.*

Als Dragos eine seiner Augenbrauen belustigt schief stellte, fiel sie in tiefe Ohnmacht.

PIA TRÄUMTE, DASS der Drache vor Weißglut um sie herumwirbelte und jeden anderen anschrie, der versuchte, näher zu kommen. All die Demonstranten mit ihren Parolen und Plakaten mussten draußen auf den Bürgersteigen bleiben.

Du hilfst überhaupt nicht, versuchte sie ihm zu sagen. *Wir müssen das Abendessen auf den Tisch bringen, sonst sind die Soufflés ruiniert. Wir können Mr. Colton im Schrank bedienen. Da steht schon ein Gedeck auf dem Schreibtisch.*

Aber sie war in dicke Watte gehüllt, die es ihr unmöglich

machte, sich zu bewegen oder die Worte laut auszusprechen.

Dann hob der Drache sie auf und hetzte mit ihr umher, als sie nach dem Spinat-Soufflé suchten, sodass sie es essen konnte, bevor es zusammenfiel. *Ich bin nicht hungrig*, wollte sie zu ihm sagen, während Gennita in der Küche über dem Endiviensalat schniefte.

Der Dschinn Soren erschien in einem Wirbel magischer Energie, aber er war ein Mitglied des Tribunals der Alten Völker. Er war keiner der Herrscher der Reiche und sie hatten am Tisch keinen Platz für ihn.

„Bring Wyr-Ärzte", sagte der kreidebleiche Drache zu ihm. „Und Soren, ich schwöre bei allen Göttern, wenn du jetzt versuchst, mit mir zu handeln, werde ich – "

„Ich werde so schnell ich kann zurückkommen", sagte der Dschinn, seinen sternförmigen Blick auf Pia fixierend. Seine physische Gestalt verschwand.

Und dann war da Blut, so viel Blut. Sie schrie und wrang ihre Hände, weil ihre Schuhe ruiniert waren und sie keine Zeit hatte, ihre Füße zu waschen.

Das lenkte die Aufmerksamkeit des Drachen auf sie zurück. Irgendwie waren sie in einem unbekannten Schlafzimmer angekommen. Sie konnte nicht herausfinden, in wessen Haus sie war. Als sie ausgestreckt auf dem Bett lag, beugte er sich über ihren Körper und legte eine heiße Hand auf ihre Stirn.

„Leise, Liebling", murmelte er. „Schrei nicht so. Alles wird gut."

Plötzlich verschwand der Drache und es war Dragos, der ihre Stirn streichelte, Dragos, der starr aussah und am Rande der Panik war.

Sie glaubte nicht, dass sie Dragos schon jemals zuvor in Panik gesehen hatte. Das ängstigte sie mehr als alles, was sie sich hätte vorstellen können. *Geh nicht*, sagte sie, während sie versuchte, durch die Watte hindurch zu greifen, um seine Hand zu nehmen. *Verlass mich nicht.*

Starke Finger schlossen sich über ihre. Sie waren so heiß wie die Hand, die ihre Haare streichelte. „Was für einen Unsinn redest du jetzt?", flüsterte er sanft. „Ich könnte dich niemals verlassen. Pia, du halluzinierst."

Zu Bewusstsein kommend schaffte sie es endlich, Worte über ihre Lippen zu bringen. „Tu ich nicht", sagte sie mit fester Stimme. „Da ist auch ein toter Mann in unserem Schrank."

Nun, im Schrank von irgendjemandem. Sie war sich ziemlich sicher, dass sie nicht zu Hause waren. Wenn sie sich doch nur erinnern könnte, wo sie waren und weshalb.

„Ssch", sagte er zu ihr. „Nichts davon ist im Moment wichtig."

Sie schnaubte. Das konnte er leicht sagen. Er war nicht derjenige, der den ganzen Tag wie eine verrückte Person herumgehetzt war, um zu versuchen, die wichtigste Dinner-Party seines Lebens durchzuziehen.

Dr. Medina tauchte in ihrem Blickfeld gleich hinter Dragos' Schulter auf. Okay, vielleicht halluzinierte sie wirklich, weil sie die Ärztin doch noch nicht einmal zurückgerufen hatte.

„Gehen Sie aus dem Weg, Dragos", sagte die Ärztin.

Er rückte schnell weg und die Ärztin lehnte sich vor, um Pia anzulächeln. „Entspannen Sie sich einfach, meine Liebe", sagte sie, als sie Pia den Handschuh zeigte, den sie trug. Den mit fünf Klingen an den Fingerspitzen und dem Daumen. „Sie werden nichts spüren."

Als sie ihren Mund öffnete, tauchte wahre Dunkelheit auf, um ihren Schrei zu schlucken.

Kapitel Zehn

A LS SIE DAS nächste Mal ihre Augen öffnete, befand sie sich in ihrem Schlafzimmer in D.C., eingehüllt in die Bettdecke. Sie hatte überall Schmerzen, so als hätte sie die Grippe oder Schläge in jede größere Muskelgruppe bekommen.

Das Zimmer war noch immer ein Chaos. Überall waren Klamotten verstreut. Die Vorhänge waren zugezogen. Es gab keine Spur von Sonnenlicht an deren Kanten, doch die Nachttischlampe auf Dragos' Bettseite war an und warf einen Kreis warmer Beleuchtung in den Raum.

Dragos lag auf dem Rücken ausgestreckt neben ihr auf der Decke. Er trug schwarze Jeans und einen schwarzen Seidenpullover. Die Finger einer Hand hatte er über seine Augen drapiert, während er mit der anderen ihre hielt.

Sie konnte mehrere Stimmen und Bewegung in der Ferne hören, sowohl im Haus als auch außerhalb. Jemand schlug eine Autotür zu.

Sie drückte Dragos' Finger und er schnellte hoch, um sich mit leuchtenden Augen über sie zu beugen. Er rief: „Medina, sie ist wach."

Beinahe sofort öffnete sich die Schlafzimmertür und Dr. Medina trat herein. „Ich bin da."

Kurz erwog Pia sich aufzusetzen, aber es schien zu mühevoll. „Ich dachte, Sie wären ein Traum", sagte sie mit rostiger Stimme zu der Ärztin.

Dr. Medina lächelte sie an. „Sie waren ziemlich verwirrt, als ich angekommen bin."

„Du bist ohnmächtig geworden"; sagte Dragos zu ihr. Anspannung zeichnete sich in seinem Gesicht ab. „Ich hatte Todesangst, als ich sah, wie du wie eine Stoffpuppe zusammengeklappt bist.

Reumütig drückte sie seine Finger, als sie sich zu erinnern begann. „Wir waren mit dem Präsidenten in der Bibliothek. Wie lange ist das her?"

„Das war gestern Abend. Jetzt dämmert es schon fast. Die ganze Nacht waren Ermittler hier." Dragos berührte ihr Gesicht, streichelte die Rundung ihrer Wange. „Wie fühlst du dich?"

„Alles schmerzt", gab sie zu.

„Brauchst du irgendetwas, vielleicht ein Glas Wasser?"

„Vielleicht bald", seufzte sie. Sein Streicheln war so beruhigend, dass sie ihre Augen wieder schließen wollte.

Dragos sah die Ärztin mit hartem Gesichtsausdruck an. „Sie sagten, dass Sie mit uns beiden reden würden, wenn Pia aufwacht. Nun, sie ist jetzt wach, also fangen Sie an zu reden."

Die Ärztin sah ihn tadelnd an. „Ich sagte Ihnen auch, dass sie gesund werden wird." Sie wandte sich zu Pia. „Und Sie *werden* gesund werden. Fühlen Sie sich bereit, jetzt ein Gespräch zu führen oder brauchen Sie noch etwas Ruhe?"

Dragos fühlte sich so angespannt neben ihr an, als würde er explodieren. Als sie sich an den tobenden Drachen aus ihrem Traum erinnerte – ihrer Halluzination –, nickte sie. Sie brauchte noch mehr Ruhe, aber sie glaubte nicht, dass er noch länger warten konnte.

„Okay", sagte Dr. Medina sich aufrichtend. „Ich habe großartige Nachrichten und weniger großartige Nachrichten für Sie und sie hängen zusammen. Denken Sie daran – das Wichtigste ist, dass es Ihnen gut gehen wird und Ihrem Baby."

„*Was?*", sagte Pia, die nicht glauben konnte, was sie eben gehört hatte. Halluzinierte sie wieder? Sie blickte Dragos von der Seite an. Er sah ebenfalls wie vom Blitz getroffen aus. „Ich bin nicht schwanger. Ich kann nicht schwanger sein."

Eilig legte Dragos eine große Hand auf ihren flachen Bauch. Sie fühlte seine magische Energie tief in ihr forschen. Ihre Hand über seine legend, senkte auch sie ihr Bewusstsein in ihren Körper.

„Ich spüre nichts", sagte Dragos.

„Ich auch nicht", murmelte Pia.

Dr. Medina verschränkte die Arme und sah beide mit einem gewissen trockenen, sauren Ausdruck an. „Sie stellen nicht wirklich meine Diagnose in Frage, oder? Soweit ich weiß, hat keiner von Ihnen beiden eine medizinische Zulassung."

„Aber ich fühle gar nichts." Sie war den Tränen nahe. „Bedeutet das, dass irgendetwas nicht stimmt?"

„*Warte.*" Dragos lehnte sich weiter zu ihr, sein Gesichtsausdruck blieb unverändert. „Ich glaub', ich spinne. Da."

„Ich fühle es nicht! Ich kann nichts spüren." Verzweifelt suchte sie weiter, aber sie konnte nichts spüren, nicht bis Dragos' Energie ihr Bewusstsein einfasste und ihre Aufmerksamkeit auf etwas lenkte …

Ein kleines Etwas, tief eingebettet, kaum mehr als ein Schatten. Tief Atem holend, richtete sie all ihre Kraft auf den zarten Schatten, doch sie konnte keine weiteren Einzelheiten aufgreifen.

Sie hätte es völlig übersehen, wenn Dragos sie nicht darauf aufmerksam gemacht hätte.

Und Dragos hatte es völlig übersehen, bis die Ärztin es

ihnen gesagt hatte.

„Kannst du es jetzt fühlen?", fragte Dragos.

„Ja, aber was bedeutet das?", flüsterte sie ängstlich. „Liam fühlte sich überhaupt nicht so an."

Ein skeptisches Lächeln erhellte Dragos' harte Gesichtszüge und sein goldener Blick blitzte zu ihr auf. „Ich glaube, der kleine Scheißer verhüllt sich selbst. Und seine Fähigkeit, sich zu verschleiern, ist so verdammt gut, dass es sogar mich getäuscht hat."

Pias Blick traf den der Ärztin, die bestätigend nickte. Verwunderung jagte zusammen mit einem Sturm der Freude durch ihren müden Körper.

Sie sagte zu Dragos: „Du *hast* einen mächtigen Samen. Sobald wir die Entscheidung getroffen hatten, mussten wir bei unserem allerersten *Peng* schwanger geworden sein."

Er küsste sie schnell, wurde aber ernst, als er sich umdrehte, um Dr. Medina anzublicken. „Sie sagten, es gäbe auch weniger gute Neuigkeiten."

„Ja, also." Die Ärztin sah zu ihren Füßen hinunter und presste ihre Lippen aufeinander. „Denken Sie daran und behalten Sie es fest in Ihren Gedanken – Ihnen wird es gut gehen und dem Baby wird es gut gehen."

Pias Angst kehrte zurück, unterdrückte die fassungslose Freude. Da sie nicht hören wollte, was als Nächstes kam, während sie flach im Bett lag, strengte sie sich an, sich aufzurichten. „Was ist es? Wieso habe ich mich so krank gefühlt und so viele Symptome gezeigt?"

„Manchmal können Komplikationen auftreten, wenn ein Raubtier und ein Pflanzenfresser sich gepaart haben", erklärte ihnen Dr. Medina. „Manchmal werden die Komplikationen ernst. Können Sie sich erinnern, wie übel Ihnen war, als Sie mit Liam schwanger waren?"

Sie schnaubte. „Ich werde es nie vergessen. Mir war jedes Mal schlecht, wenn ich meine Halskette abgenommen habe."

„Man kann die Situation ungefähr damit vergleichen, wenn eine menschliche Mutter einen anderen Rh-Faktor in ihrem Blut hat als ihr Baby." Die Ärztin machte eine Pause. „Haben Sie davon schon einmal gehört?"

Dragos schüttelte seinen Kopf, aber Pia nickte. „Ich habe schon davon gehört."

Dr. Medina sah sie an. „Oft gibt es bei dem ersten Kind keine Probleme, aber während der Schwangerschaft entwickelt die Mutter Antikörper gegen die Austragung des Fötus, sodass es Komplikationen beim zweiten Kind geben kann. Diese können sehr ernst werden."

„Was wollen Sie mir damit sagen?", fragte Pia, Dragos' Hand fest in ihrem Griff. „Wollen Sie sagen, dass ich Antikörper gegen Dragos' Föten entwickelt habe?"

„Das ist eine einfache Möglichkeit es auszudrücken, aber ja, das haben Sie", antwortete die Ärztin. „Und Ihre Symptome sind viel schneller aufgetreten und sind viel extremer."

„Aber Sie sagten, dass es ihnen gut gehen würde", sagte Dragos scharf.

„Und das wird es." Dr. Medina drehte sich zu ihr und sagte mit Nachdruck. „Ihnen beiden. Dafür werden wir sorgen. Es gibt überhaupt keinen Grund, deswegen in Panik auszubrechen. Sie werden alles tun, was Sie für die Schwangerschaft mit Liam getan haben. Sie werden richtig essen, trainieren, wenn Sie sich gut fühlen und wenn möglich Stress vermeiden. Letzte Nacht habe ich Sie mit Zaubersprüchen behandelt, um die Symptome zu dämpfen. Ich kann auch eine Medikation entwickeln, die speziell darauf ausgerichtet sein wird, Ihre Antikörper zu unterdrücken, sodass Ihr Körper das

Baby nicht abstößt. Wir werden diese Schwangerschaft sehr genau beobachten. Das bedeutet, alle zwei Wochen Untersuchungen, um eventuell nötige Anpassungen vornehmen zu können."

Pia versuchte, das Zittern in ihren Gliedern zu beruhigen. „Okay", sagte sie wackelig. Sie versuchte Dragos anzulächeln. „Wir können das schaffen. Es wird alles gut werden."

„Ja", sagte er lediglich. „Nichts anderes ist akzeptabel."

Aber Pia wusste – sie fühlten sich beide zu angespannt, zu nahe an einer Katastrophe, um sich wirklich beruhigen zu können, weshalb sie sich schnell zu Dr. Medina drehten, als diese tief Luft holte.

„Jetzt zu den nicht so tollen Neuigkeiten", sagte Dr. Medina.

Pia fühlte, wie ihr flau im Magen wurde. Sie flüsterte: „Ich dachte, *das* waren die nicht so tollen Nachrichten."

Die Ärztin lächelte sie freundlich an. „Das war ein Teil davon. Der andere Teil ist – und es gibt keinen einfachen Weg, dies zu sagen – Pia, das muss Ihre letzte Schwangerschaft sein. Es tut mir sehr leid, Ihnen das zu sagen, aber so extrem, wie Ihre Reaktion bereits geworden ist, werden Sie wahrscheinlich sofort eine Fehlgeburt haben, wenn Sie noch ein drittes Mal versuchen, schwanger zu werden. Sie hätten auch bei dieser Schwangerschaft mit ziemlicher Sicherheit in den nächsten ein bis zwei Monaten eine Fehlgeburt erlitten, wenn Sie keine ärztliche Behandlung bekommen hätten – was Sie haben, und Ihnen und dem Baby geht es *gut*. Aber falls Sie ein drittes Mal versuchen würden, schwanger zu werden, würden Sie sich nur selbst gefährden und Ihnen und Dragos gewaltigen Kummer bereiten. Ich kann Ihnen dabei helfen, dieses Baby auszutragen, aber ich kann Ihnen bei keiner weiteren Schwangerschaft helfen."

Pia blieb still und nahm die Nachricht auf. Nach einem Moment sagte sie: „Ist das alles?"

„Ja, ziemlich."

Sie biss sich auf die Lippe, als sie von Dr. Medina zu Dragos blickte. „Ich war mir so sicher, dass ich nicht schwanger bin, weshalb ich gestern ein paar Dosen Antihistaminika genommen habe. Ist das ein Problem?"

Die Ärztin schüttelte ihren Kopf. „Überhaupt nicht. Ein paar Medikamente für Menschen schlagen bei den Wyr gut an, und das ist eines davon. Und da Sie *kein* Mensch sind, können Sie alles machen, was Sie auch in der Schwangerschaft mit Liam getan haben, inklusive Wein und anderen Alkohol trinken, da es bei schwangeren Wyr keine plazentare Übertragung von Alkohol gibt."

Sie seufzte erleichtert auf und die Starrheit in ihrer Wirbelsäule verschwand.

Dr. Medina fuhr fort: „Ich will, dass Sie die nächsten zwei Tage Bettruhe halten, sodass sich Ihr Organismus von den Symptomen, die Sie entwickelt haben, erholen kann, während ich Ihre Medikation zusammenstelle. Dann können Sie Ihre erste Dosis nehmen. Ich habe die Nacht über Vorkehrungen für meine anderen Patienten getroffen und ich habe eine vorübergehende Vorzugsbehandlung im Georgetown Hospital arrangiert, solange Sie in D.C. bleiben. Dort werde ich auch an der Erstellung Ihrer Medikation arbeiten. Ich werde also da sein, falls Sie mich brauchen. Falls Sie irgend-welche Fragen oder Bedenken haben, haben Sie mich auf Kurzwahl. Bis dahin beruhigen Sie sich, stressen Sie sich nicht, essen Sie gesund und genießen Sie Ihre neue Schwangerschaft mit diesem äußerst faszinierenden Myste-rium, das in Ihrem Bauch wächst." Dr. Medinas Blick fiel auf Dragos. „Und lassen Sie sich von Ihrem Ehemann verwöhnen.“

„Ich kann Ihnen nicht genug danken“, sagte Pia zu ihr.

Dr. Medina berührte ihre Schulter. „Es ist mir ein Vergnügen, Pia. Ich werde Sie zwei jetzt alleine lassen.“

Als die Tür hinter ihr zufiel, saß Pia einen Moment da und verarbeitete, was die Ärztin gesagt hatte.

Dann wirbelte sie herum, um ihre Arme um Dragos zu werfen. Ihr Gesicht war von Fröhlichkeit durchflutet. „Oh mein Gott, wir sind wirklich schwanger! Ein Teil von mir war so überzeugt, dass es niemals passieren würde!“

Seine Arme legten sich um sie, zerdrückten fast ihre Rippen, weil er sie so fest hielt. Er krächzte: „Als du in Ohnmacht gefallen bist, hast du mich zu Tode erschreckt.“

„Ich weiß, es tut mir so leid.“ Sie streichelte seinen Hinterkopf.

Sie an sich ziehend, küsste er sie ein paar Mal innig, dann umarmte er sie wieder fest und wiegte sie.

Zwanghaft legte sie ihre Hand auf ihren Bauch und suchte noch einmal nach dem zarten Schatten. Als sie ihn fand, überwältigte sie die Freude erneut. „Du hast nicht zufällig einen flüchtigen Eindruck davon bekommen, welches Geschlecht es hat, oder?“

„Nein. Es verhüllt sich zu sehr.“ Als er verstand, was sie tat, hob sich einer seiner Mundwinkel und er sagte: „Er ist raffiniert.“

„Oder sie ist diskret“, sagte sie zu ihm. „Oh mein Gott, ich dachte wirklich nicht, dass wir es schaffen könnten – und ich habe ganz sicher nicht gedacht, dass wir es so schnell schaffen könnten.“

Dragos‘ Lächeln verblasste. Er fragte: „Wie geht’s dir wegen des Rests, den die Ärztin uns erzählt hat?“

Sie ernüchterte ebenfalls, als sie überlegte. Nach ein paar

Minuten sagte sie: „Weißt du, ich fühle mich wohl. Ich bin noch immer überrascht, dass wir tatsächlich schwanger geworden *sind* und ich bin einfach erleichtert zu wissen, dass es dem Baby und mir gut geht." Sie erhaschte einen kurzen Blick auf sein Gesicht und fügte schnell hinzu: „Und uns wird es auch weiterhin gut gehen. Was den Rest angeht … Dragos, wir haben Glück, dass wir ein Kind haben, und noch mehr, dass wir bald zwei haben werden. Ich denke – ich werde nicht lügen – ich denke, dass es mich manchmal traurig machen wird. Aber wenn das passieren sollte, wird das weit in der Zukunft liegen und dann muss ich mir lediglich unsere beiden wunderschönen Kinder ansehen, um mich daran zu erinnern, wie viel Glück wir haben. Außerdem, wenn wir irgendwann unbedingt noch ein Baby um uns haben wollen, können wir immer noch eines adoptieren." Sie erhaschte einen kurzen Blick auf seinen finsteren Gesichtsausdruck. „Wie siehst du das?"

„Solange es dir gut geht, ist alles okay, auch wenn es das nicht ist." Ernst blickte er in ihre Augen. „Wenn es dir nicht gut geht, ist die Welt die Hölle."

Er hatte eine Hand zu einer Faust geballt. Sie legte ihre Hand darüber und erinnerte sich an den tobenden Drachen in ihren Halluzinationen. Sachte sagte sie: „Und es geht mir gut. Es geht mir mehr als gut, ich freue mich wie eine Schneekönigin."

„Obwohl dir alles weh tut?" Er strich mit einer Hand über ihr Haar und steckte es hinter ihre Schulter.

„Das ist es wert, jeden Tag der Woche Schmerzen zu haben." Irgendwo schlug erneut eine Tür zu und erinnerte sie an die Außenwelt und ihre Sorgen. „Was ist passiert, während ich nicht ganz da war?"

Er verzog das Gesicht und machte eine Geste, die durch

die Luft schnitt. „Drama über Drama."

„Was?" Sie lachte.

Der Stress hatte begonnen, sich von seinem Gesicht zu lösen, worüber sie froh war. Er schaute sie mit hochgezogener Augenbraue an. „Kannst du dich nicht daran erinnern, was genau du vor deinem Zusammenbruch gesagt hast?"

Sie dachte zurück und schüttelte dann ihren Kopf. „Nein, leider nicht."

„Du hast die Augen verdreht und gesagt *Ich kann nicht einmal mit diesem ganzen Drama umgehen.*" Er kicherte und rieb dann seine Augen. „Zu der Zeit war es allerdings nicht witzig, verdammt."

„Es tut mir so leid." Sie lehnte sich an ihn und er rutschte umher, um seinen Rücken gegen das Kopfende zu lehnen, während er einen Arm um sie behielt. Sie machte es sich mit einem Bein über seine Hüften drapiert an seiner Seite gemütlich. „Haben sie irgendeine Idee, wer es getan haben könnte? Wer Colton getötet hat, meine ich?"

Nach einem Moment sagte er zu ihr: „Nachdem sie die Aufnahmen der Kameras überprüft haben, hat die Security die Tatverdächtigen auf drei Leute eingegrenzt – Aaron Davis, Janice Wilmington und den Bodyguard des Sprechers. Und vor ein paar Stunden haben sie die Mordwaffe gefunden. Es war genau, was ich dachte, ein Stulpenhandschuh mit gekrümmten Klingen eingeschweißt an den Fingerspitzen und dem Daumen. Der Mörder hatte ihn nach Maß anfertigen lassen."

Sie schauderte bei dem Gedanken. „Wo war er?"

„Der Mörder hatte in einem der Badezimmer ein Brett aus dem Boden gehebelt und ihn darunter gestopft."

„Ich weiß, dass das Haus uns gehört, aber ich bin so froh, dass das nicht in unserem wirklichem Zuhause passiert ist", sagte sie zu ihm. „Ich würde mich so verletzt fühlen, wenn es so gewesen wäre."

Sein Griff festigte sich. „Wir hätten niemals eines dieser Arschlöcher in unser Zuhause gelassen."

„Stimmt." Sie musste einen Moment überlegen, um die Namen ihren Titeln und Gesichtern zuzuordnen. Aaron Davis war der Stabschef der Vizepräsidentin, Janice Wilmington war die Mehrheitenvorsitzende. Sie konnte sich nicht daran erinnern, wie der Bodyguard des Sprechers des Repräsentantenhauses aussah. Neugierig fragte sie: „Wer denkst du war es?"

„Ich bin mir sicher, dass es einer der beiden Männer war. Davis oder der Security-Typ. Colton war ein großer Mann. Wilmington ist nicht groß genug, um ihm die Wunden zufügen zu können, zumindest nicht in dem Winkel, in dem die Schnitte an seiner Kehle gemacht wurden. Der Grund für die Tat ist mir wirklich völlig egal. Ich will sie einfach alle aus meinem Haus haben und aus meinem Leben."

Er presste seinen Mund auf ihre Stirn und sie ruhten für mehrere Minuten.

„Bettruhe für zwei Tage." Sie seufzte. „Ich habe gar keine Bücher mitgenommen. Ich dachte, ich würde diese Woche zu beschäftigt zum Lesen sein."

„Ich werde morgen raus gehen und dir etwas zu Lesen besorgen", flüsterte er. Er begann, ihren Rücken mit langen, beruhigenden Strichen zu reiben. Im Nu wurde sie schläfrig und entspannte sich.

„Schwanger", murmelte sie. „Ich freue mich so sehr darüber, dass ich platzen könnte. Wir sind schwanger und haben keine Ahnung, was es ist."

„Ich könnte versuchen, es noch einmal zu überprüfen, aber ich will es nicht erzwingen", sagte er leise.

„Nein, will ich auch nicht. Er oder sie wird hinter dieser Tarnung hervorkommen, wenn er oder sie bereit ist." Sie lächelte verschlafen. „Es nicht zu wissen, ist irgendwie lustig, ein bisschen wie ein Maskenspiel oder ein Weihnachtsgeschenk."

„Was wir doch für eine interessante Zukunft haben werden", sagte Dragos. „Ich würde die Neuigkeiten gerne eine Weile für uns behalten, wenn es dir nichts ausmacht. Lass es uns einfach für ein paar Wochen genießen, dann können wir es Liam und unserem engeren Kreis erzählen. Ist das für dich in Ordnung?"

„Das hört sich ausgezeichnet an."

Dieses Mal schlief sie friedlich ein und hatte keine schlechten Träume mehr.

ALS SIE SPÄT am nächsten Morgen aufwachte, war Dragos noch immer bei ihr im Bett, außer dass er sich geduscht und angezogen hatte, wie sie sah, als sie sich umdrehte. Er war damit beschäftigt, irgendeinen maschinengeschriebenen Bericht zu lesen, den er beiseitelegte, als sie ihm ein verschlafenes Lächeln schenkte.

„Was machst du da?", fragte sie in einer vom Schlaf verzerrten Stimme, wobei sie sich streckte. Ihre Muskelschmerzen hatten nachgelassen, was ihr Bewegungsfreiheit ermöglichte. „Wieso bist du nicht bei – was sollte diesen Morgen stattfinden? Ich kann mich gerade nicht daran erinnern."

Er sah sie mit erhobenen Augenbrauen an. „Du bist letzte Nacht zusammengebrochen, kannst du dich erinnern? Ich darf heute zu Hause bleiben, um sicherzugehen, dass du dich erholst."

„*Hmm.*" Sie summte zufrieden, als sie ihren Kopf für

seinen Kuss hob.

„Hast du Hunger?"

Sie nickte und als er unten in der Küche anrief, um ihr etwas zum Frühstück zu bestellen, setzte sie sich im Bett auf. Am anderen Ende des Raums lag auf einem Tisch ein hoher Stapel eingepackter Geschenke. „Wofür sind die?"

„Die sind für jemanden, der gerade schwanger wurde und sein Bett zwei Tage nicht verlassen kann." Er lümmelte sich gegen das Kopfende und sah sexy und verrucht aus. „Sie sind eine hübsche Deko, bis du aufstehen und sie holen kannst, nicht wahr?"

Sie fuhr ihn mit einem Blick völligen Verrates an. „Das würdest du nicht tun!"

Er lachte. „Nein, das würde ich nicht."

„Okay, na dann", motzte sie und legte sich hin. „Außerdem kann ich nicht die vollen zwei Tage im Bett bleiben, ohne aufzustehen. Ich muss mal auf die Toilette gehen und mir die Zähne putzen."

Das tat sie und sie wusch auch die Überreste des Make-ups von letzter Nacht von ihrem Gesicht, während er die Geschenke zum Bett trug. Sie fühlte sich zittrig, solange sie auf ihren Beinen stand, und als sie damit fertig war, sich herauszuputzen, war sie froh, wieder zurück unter die Decken zu kriechen.

Dann öffnete sie die Geschenke, die Dragos ihr eines nach dem anderen übergab. Sexy Dessous, ein halbes Dutzend Bücher, etliche Zeitschriften, und *ooh* sieh nur, ein wunderschönes Paar Aquamarin-Ohrringe, vegane Schokolade, ein warmer Chenille-Morgenrock und ein neues Tablet.

Er hatte bemerkt, dass der Bildschirm des Tablets, das sie zu Hause hatte, gebrochen war.

Erneut von seiner Zuwendung und Aufmerksamkeit erwärmt, drehte sie sich, um ihn zu küssen. „Danke."

„Gern geschehen. Ich kann dir auch einen Fernseher kaufen und eine Kommode bringen lassen, um ihn drauf zu stellen, wenn du willst."

Sie sah sich in dem reizenden, historischen Schlafzimmer um. „Danke, aber nein, mir gefällt das Schlafzimmer so. Ich kann mir jederzeit Sachen auf dem Tablet ansehen, wenn mir danach ist."

„Na gut, lass es mich wissen, wenn du deine Meinung änderst." Ihr Gesicht weiter neigend, küsste er sie erneut. „Ich hoffe, das alles hilft dir bei der Bettruhe."

„Das tut es", versicherte sie.

Am nächsten Tag verließ er sie, um sich an den normalen Sitzungen und Tätigkeiten dieser Woche zu beteiligen. Er schrieb ihr oft, während sie viel mehr schlief, als sie gedacht hatte – sie war noch immer so müde –, und an Schokoladen knabberte und las.

Die erzwungene Bettruhe gab ihr auch die Möglichkeit, gründlich über das nachzudenken, was die Ärztin gesagt hatte, aber sogar nach einer Runde Selbstanalyse war ihre einzige wirkliche Reaktion tiefe Erleichterung darüber, dass sie ohnmächtig geworden war, wodurch sie die medizinische Hilfe bekommen hatte, die sie brauchte, um keine Fehlgeburt zu erleiden.

„Weil du das Allerwichtigste bist", flüsterte sie zu dem winzigen Schatten, der tief in ihr eingebettet war. „Das absolut Allerwichtigste."

Außerdem, wenn sie in der Abgeschiedenheit ihrer eigenen Gedanken ehrlich sein sollte, tat es ihr überhaupt nicht leid, dass sie zwei Tage der Tätigkeiten dieser Woche verpasste. Nur der Gedanke an einen besorgten Dragos hielt sie davon ab, so zu tun, als wäre sie krank, um noch einen dritten Tag verpassen zu können.

Fürs Erste war sie zufrieden damit, über die neuesten Ereignisse durch Dragos' Berichte und durch die Nachrichtensendungen, die sie auf ihrem neuen Tablet ansah, auf dem Laufenden gehalten zu werden, wodurch sie herausgefunden hatte, dass die Polizei eine Festnahme in dem Mordfall durchgeführt hatte.

Es war am frühen Abend des zweiten Tages. Dr. Medina hatte ihr die erste Spritze der Medikation gegeben und dadurch würde sie am nächsten Tag wieder ihren normalen Tätigkeiten nachgehen können.

Eva lümmelte mit ihr auf dem Bett, las und leistete ihr Gesellschaft, während Dragos noch bei einem weiteren Abendessen war. Gelangweilt hatte Pia nach Victor Coltons Tod gegoogelt. Um zu vermeiden, Eva zu stören, steckte sie schnell einen Kopfhörer in ein Ohr und klickte auf den CNN-Link, der eine EILMELDUNG versprach.

Nachdem sie ein paar Minuten des Ausschnitts angesehen hatte, setzte sie sich gerade auf und sagte: „Heilige Scheiße."

„Was ist los?" Eva blickte von ihrem Krimi hoch.

Ihre Augen auf den kleinen Bildschirm geklebt, murmelte sie: „Sie haben Aaron Davis verhaftet, den Stabschef der Vizepräsidentin … Es gibt Behauptungen über eine Affäre mit der Vizepräsidentin, die dies bestreitet …" Sie zog den Stöpsel aus ihrem Ohr und sah Eva mit Kulleraugen an. „Das sind sehr schlechte Nachrichten für die Regierung des Weißen Hauses, aber es könnten sehr gute Nachrichten für uns sein."

Später, als Dragos in das Schlafzimmer trat, lächelte er.

Pia pausierte ihr Fruit-Ninja-Spiel und legte ihr Tablet beiseite. „Du siehst aus wie ein Kater, der mit etwas davongekommen ist."

Er riss seine Krawatte herunter, entledigte sich seiner Anzugjacke und warf beides auf einen Stuhl. Nachdem er seine Schuhe ausgezogen hatte, rollte er seine Hemdsärmel hoch und kroch zu ihr aufs Bett, um ihr einen Kuss zu geben. Und alles davon war so verdammt sexy, dass sie nur durchs Zusehen einen Orgasmus gehabt haben könnte.

Erfreut ihn zu sehen, grub sie sich in ihr Kissen zurück und erwiderte seinen Kuss. Er sagte an ihren Mund: „Ich habe dich vermisst."

„Ich habe dich auch vermisst." Als er zurückwich, lächelte sie ihn an. „Hast du schon die Nachrichten über Aaron Davis' Verhaftung gehört?"

„Oh, verdammt ja. Die Dinge könnten nicht besser laufen, wenn ich sie selbst arrangiert hätte."

So sehr sie auch dachte, ihn zu kennen, er konnte sie immer noch ziemlich gut überraschen. Sie zwinkerte ihm mit einem Auge zu. „Das hast du nicht getan, oder?"

„Nein, aber ich wünsche mir fast, dass ich daran gedacht hätte. Die Vizepräsidentin wird nun beschuldigt, die Recht-auf-Privatsphäre-Bewegung als Mittel für den Mord gegründet zu haben. Sie wird zurücktreten müssen oder Ben wird gezwungen sein, sie loszuwerden. Und niemand hat an diesem Abend einen Duftblocker getragen."

Sie seufzte. „Das ist eine große Erleichterung."

„Es löst nicht all unsere Probleme." Er rieb sein Gesicht. „Es gibt noch immer eine Menge Demonstranten gegen den Gipfel in dieser Woche und wir begegnen vielen zurückhaltenden Regierungsbeamten in unseren Sitzungen. Senator Jackson ist immer noch gegen die Wiederherstellung der gestörten politischen Beziehung und die öffentliche Meinung ist aufgrund des Nachtwesen-Massakers noch immer auf dem Abschwung. Aber diese neueste Entwicklung hat die

Gegenreaktionen gegen uns gemindert, und ich glaube nicht, dass wir schon in unser Anderland auswandern müssen, obwohl ich mit Niniane darüber geredet habe, ein paar Berater anzuheuern. Sie wird ein paar Leute schicken, wenn sie zurück in Adriyel ist." Er rutschte im Bett etwas tiefer, um seinen Kopf auf ihren Bauch zu legen. „Wie geht es euch beiden?"

„Uns geht es großartig." Sie fädelte ihre Finger durch sein schwarzes, seidiges Haar. „Und ich bin aufgeregt, dass ich morgen früh meine Bettruhe beenden kann."

„Ich bin ebenfalls aufgeregt." Er neigte seinen Kopf, sodass er zu ihr hochsehen konnte. „Hat dich die Ärztin für normale Tätigkeiten freigegeben?"

„Ich weiß, was du eigentlich meinst." Sie tippte mit einem Finger seine Nase an. „Und ja, ich kann morgen meine normalen Tätigkeiten wiederaufnehmen.

Er schnappte ihren Finger und küsste ihn. „Ich kann es kaum erwarten. Und du hast deine Spritze bekommen. Wie fühlst du dich?"

„Ich fühle mich wieder müde und mein Arm tut ein bisschen weh, aber Dr. Medina sagte, dass das alles normal ist. Sie sagte, sie kann mir die Spritze alle zwei Wochen am Abend geben, sodass ich danach einfach ins Bett gehen kann." Sie zog eine Grimasse und zuckte mit den Schultern. „Es ist keine große Sache."

„Ich bin froh, das zu hören." Er ließ ihre Hand nicht los. Stattdessen rieb er ihre Finger an seinem Mund.

Wärme breitete sich bei der sanften Liebkosung in ihr aus. Sie drängte: „Erzähl mir, was es sonst noch Neues gibt."

„Du hast die großartigen Nachrichten des Abends schon gehört", sagte er an ihre Finger. „Aber es gibt auch ein paar nicht so großartige Neuigkeiten."

„Oh nein." Ihr Herz wurde schwer. „Was ist jetzt wieder

passiert?"

„Heute haben wir darüber gesprochen, welche Maßnahmen die Herrscher der Reiche ergreifen könnten, um die Gefahr auf Gewalt, angestiftet durch die Alten Völker, verringern zu können und irgendein gottverdammter Idiot aus Bens Regierung hatte die glänzende Idee, dass wir ‚das Wohlwollen und den Frieden zwischen den Reichen fördern' könnten, indem sich alle sieben Oberhäupter verpflichten, irgendwann in den nächsten sechs Monaten ein Familienmitglied in ein anderes Reich zu schicken, um dieses für eine Woche zu besuchen."

„Das ist lächerlich", rief sie aus. „Es hört sich genau nach einem dieser dummen, nutzlosen Pläne an, die sich nur die Regierung einfallen lassen kann. Das ist wie damals, als der Adel seine Kinder zu anderen Adeligen geschickt hatte, damit sie dort als Mündel lebten. Glauben die, wir leben im Mittelalter?"

Er stellte eine Augenbraue boshaft schief. „Genau daher haben sie diese Idee. Einige von uns haben äußerst eifrig protestiert, aber nach einem langwierigen Streit wurde es zur Abstimmung gebracht. Die Mehrheit hat der Maßnahme zugestimmt." Er blickte finster drein und knurrte: „Ich hasse Konsensentscheidungen."

„Aber du hast nur zwei Familienmitglieder, mich und Liam. Nun, du hast jetzt drei, aber das kleinste wird für eine sehr lange Zeit nirgends ohne mich hingehen und ich sage dir jetzt sofort, Dragos – Liam wird kein anderes Reich alleine besuchen. Es ist mir egal, wie viele Bodyguards du ihm anhängst."

„Natürlich wird er das nicht." Dragos finsterer Blick hatte sich nicht aufgehellt.

„Bleibe also nur noch ich übrig", sagte sie ausdruckslos.

„Natürlich."

„Das wurde in der Sitzung anerkannt." Er machte eine Pause. „Fast jeder hat dich vor zwei Nächten ohnmächtig werden sehen, und alle wissen, dass du wegen einer rätselhaften Krankheit Bettruhe verordnet bekommen hast, also hat Niniane darauf gedrängt, die Frist des Wyr-Besuchs zu verlängern und die anderen haben zugestimmt. Du hast jetzt ein Jahr, was uns keineswegs hilft, weil du dann das Baby bekommen wirst."

„Das ist schrecklich." Sie starrte ihn an. „Kann ich mir wenigstens aussuchen, wo ich hingehe und wen ich besuche? Ich könnte Niniane in Chicago besuchen."

Er stand auf und schritt zu einem kleinen Servierwagen mit Spirituosen hinüber, der in einer Ecke verstaut war. Als er sich einen Scotch einschenkte, sagte er: „Schön wär's. Diese Arschlöcher haben es ausgelost."

Der Bereich über ihrem linken Auge begann zu pochen. Sie drückte mit drei Fingern dagegen. „Sag mir nicht, dass ich wieder die Elfen besuchen muss."

„Nein. Du musst das Reich der Hellen Fae in Los Angeles besuchen. Tatiana bat mich, dir auszurichten, dass sie sehr erfreut sei."

„Und ich muss eine ganze Woche mit ihr verbringen?" Sie warf ihre Hände in die Luft. *"Oh weh."*

Er kippte seinen Drink hinunter und schenkte sich noch einen ein. „Ich wollte verdammt nochmal nicht mehr darüber reden, also hielt ich meine Klappe. Aber wir werden das nicht befolgen. *Niemand* sagt mir, wo ich meine Familie hinschicken sollte."

Sie warf sich verzweifelt zurück auf ihre Kissen und starrte an die Decke. Wenn er das tat, würde eine Idee, die dazu gedacht war, *das Wohlwollen und den Frieden zwischen den*

Gebieten zu fördern, HA! damit enden, noch mehr Zänkereien und Uneinigkeiten als jemals zuvor zu verursachen.

„Hör auf", sagte sie. „Wenn wir auf unserem Standpunkt beharren, wird das nur die Art von Groll schaffen, die diese verdammte Sache mindern soll. Das ist es nicht wert. Ich werde gehen."

Den Kopf neigend, drehte sich Dragos zu ihr. „Nein, das wirst du einfach nicht tun."

Sie sah ihn nur an. „Komm schon, es wird nur für eine Woche sein. Wir werden das hinnehmen und es überwinden."

Aber sie wusste es besser als zu fragen, was schlimmstenfalls schon passieren könnte. Denn sie hatten bereits gesehen, wie böse das laufen konnte, als sie vor ein paar Monaten die Elfen besucht hatte.

Er hatte diesen sturen Gesichtsausdruck, der bedeutete, dass er nicht nachgeben würde, egal was passierte. „Du gehst nirgends ohne mich hin. Punkt. Und ich bin nicht eingeladen."

Sie fing an zu lachen. „Wann hat dich das jemals von irgendetwas abgehalten?"

Ließ sein finsterer Blick auch nur das winzigste bisschen nach? „Nun, das stimmt."

„Lass mich das klarstellen – hat dir irgendjemand gesagt, dass du *nicht* kommen darfst?"

Das wilde Starren verschwand und er begann zu lächeln. „Es wurde angedeutet, aber eigentlich nicht direkt."

„Na bitte", sagte sie. „Wir haben uns umsonst aufgeregt."

Obwohl es nicht einfach war, ein Tier der Größe eines Drachen über die Gebietsgrenzen zu schmuggeln, würden sie es hinkriegen. Irgendwie taten sie das immer.

Den Scotch beiseite stellend, schritt er zum Bett zurück. „Wer hätte gedacht, dass es so gelegen kommen würde, einen raffinierten Gauner zu heiraten?“

„Hey“, sagte sie. „Diskret.“

„Das auch.“ Er zog seine Klamotten aus, kletterte ins Bett und machte das Licht aus. Pia drehte sich auf ihre Seite, sodass er sich von hinten an sie kuscheln konnte. Er strich ihr Haar zurück und küsste ihren Nacken. „Zeit zu schlafen“, flüsterte er in ihr Ohr. „Wir wollen sichergehen, dass du dich bis morgen wirklich ausgeruht hast.“

Schläfrige Fröhlichkeit durchflutete sie. Sie gab vor, ahnungslos zu sein, und flüsterte zurück: „Was passiert denn morgen Früh?“

„Ach, du weißt schon“, sagte er zu ihr. „Du fingerst hier, ich sauge dort. Oder vielleicht saugst du und ich fingere. Oder beides. Ein paar Streicheleinheiten und zehn oder fünfzehn Stöße. ‚Oh Baby, du bist so gut, ich halte es nicht aus‘, *Peng* und so weiter, ‚lass uns den Kühlschrank plündern.‘“

Zufrieden nickend, schloss sie ihre Augen. „Ich habe gehofft, dass du das sagst.“

Vielen Dank!

Liebe Leser,

danke, dass Sie die Kurzgeschichte *Dragos geht nach Washington* gelesen haben. Dragos, Pia und Liam Cuelebre sind einige meiner Lieblingscharaktere und ich freue mich, diese neue Geschichte mit Ihnen zu teilen. Ich hoffe, Sie haben genauso viel Spaß, sie zu besuchen, wie ich!

Würden Sie gerne von neuen Veröffentlichungen erfahren? Das können Sie:

- Melden Sie sich für meinen Newsletter an unter: www.theaharrison.com
- Folgen Sie mir auf Twitter unter @TheaHarrison
- Liken Sie meine Facebook-Seite unter facebook.com/TheaHarrison

Rezensionen helfen anderen Lesern, Bücher zu finden, die sie gerne lesen. Ich freue mich über jede Rezension, egal ob positiv oder negativ.

Dragos geht nach Washington ist die erste Geschichte in einem dreiteiligen Handlungsbogen über Dragos, Pia und ihren Sohn Liam. Die zweite Geschichte ist *Pia übernimmt Hollywood* und die dritte ist *Liam erobert Manhattan*. Obwohl jede Geschichte so geschrieben ist, dass sie eigenständig genossen werden kann, wird Ihre Leseerfahrung stärker sein, wenn Sie alle drei der Reihe nach genießen.

Viel Spaß beim Lesen!
Thea

Demnächst

Pia übernimmt Hollywood

Nachdem sie einen diplomatischen Pakt zwischen der Menschheit und den Anführern der Alten Völker ausgehandelt hat, reist Pia Cuelebre, die Gefährtin von Dragos Cuelebre, dem Lord der Wyr, widerwillig nach Hollywood, um eine Woche mit der Königin der Hellen Fae, Tatiana, zu verbringen, bevor die arbeitsreiche Zeit des Maskenballs im Dezember New York heimsucht.

Dragos hat sich nur wegen einer fehlenden Einladung noch nie davon abhalten lassen, etwas zu tun, was er wollte. Nicht bereit, seine Gefährtin die Reise ohne ihn antreten zu lassen, reist er heimlich nach Südkalifornien, um mit ihr zusammen zu sein.

Aber als ein alter Feind einen vernichtenden Anschlag auf die Hellen Fae startet, müssen Dragos und Pia einschreiten. Die Zerstörung droht sich auszubreiten und einen tödlichen Schlag gegen alle magisch Begabten auszuführen, Menschen und Alte Völker gleichermaßen.

Dragos und Pia arbeiten mit den Hellen Fae zusammen, um die Gefahr zu neutralisieren und finden sich dabei mit ihrer tiefsten Verletzlichkeit konfrontiert, als ihre bestgehüteten Geheimnisse aufgedeckt zu werden drohen.

Pia übernimmt Hollywood ist der zweite Teil einer Serie aus drei Geschichten über Pia, Dragos und ihren Sohn Liam. Jede Geschichte ist eigenständig, aber Fans wollen wahrscheinlich alle drei lesen: *Dragos geht nach Washington*, *Pia übernimmt Hollywood* und *Liam erobert Manhattan*.

Demnächst

Das Ende der Schatten

Vor zweihundert Jahren arbeitete Graydon, ein Greif und der erste Wächter der Wyr, mit Beluviel, der Gemahlin des Hochlords der Elfen, zusammen. Damals versuchten sie, Beluviels Stiefsohn Ferion zu retten. Durch diese Tat gerieten sie in die Schuld des niederträchtigen Dschinns Malphas und ihre Schicksale waren von da an untrennbar miteinander verbunden.

Nun wollen sie sich aus dieser Schuld befreien, da das Verlangen zwischen ihnen zu stark wird, um es zu ignorieren … obwohl ihnen so lange selbst das geringste Begehren untersagt war. Um sich und andere zu retten, müssen sie erneut zusammenarbeiten – dieses Mal enger als je zuvor. Aber mit jedem Moment, den sie miteinander verbringen, verlieren sie mehr und mehr ihre Herzen aneinander.

Die Autorin von *Der Kuss Der Hellen Fae* kehrt zurück mit einer Geschichte über alte Schulden und eine Leidenschaft, die nicht geleugnet werden kann …

Demnächst

Liam erobert Manhattan

Warnung: Diese Geschichte enthält einen gewaltigen Spoiler aus *Das Ende der Schatten*. Wenn Sie alle Geschichten ohne Spoiler genießen wollen, sollten sie diese in der Reihenfolge ihrer Erscheinungsdaten lesen.

Dies ist eine Kurzgeschichte (15000 Wörter oder 50 Seiten) für Leser der Alten Völker, die Liam Cuelebre als Charakter mögen.

Durch einen tiefen Verlust erschüttert, verschließt sich der magische Prinz der Wyr, Dragos und Pias Sohn Liam Cuelebre, als er versucht zu ergründen, wer er ist und wie er die Herausforderungen, die vor ihm liegen, meistern soll.

In der Hoffnung, seine emotionalen Schmerzen zu lindern und ihm Trost zu spenden, bieten Dragos und Pia ihm ein Geschenk an, das er sich schon lange gewünscht hat. Liams Antwort wirkt sich auf ganz New York aus. Bald geschehen rechtzeitig zu Weihnachten alle möglichen Wunder und der Besuch einer mysteriösen Person gibt Liam Hoffnung und eine Vision seiner Zukunft.

Liam erobert Manhattan ist der dritte Teil einer Serie aus drei Geschichten über Pia, Dragos und ihren Sohn, Liam. Jede Geschichte ist eigenständig, aber Fans wollen wahrscheinlich alle drei lesen: *Dragos geht nach Washington*, *Pia übernimmt Hollywood* und *Liam erobert Manhattan*.

Lesen Sie auch diese Titel
von Thea Harrison

Die Romane der Alten Völker – Romane in voller Länge

Im Bann des Drachen

Gebieter des Sturms

Der Kuss der Schlange

Das Feuer des Dämons

Das Versprechen des Blutes

Das Lied der Harpyie

Die Versuchung des Vampyrs

Der Kuss Der Hellen Fae

Novellen der Alten Völker

Der Kuss des Wolfes

Die Stimme der Jägerin

Die Augen der Medusa

Die Verlockung der Assassine

Nachtschwingen

Dragos macht Urlaub

Pia rettet die Lage

Peanut kommt in die Schule

Rising-Darkness-Reihe

Rising Darkness – Schattenrätsel

Rising Darkness – Schicksalsstunde